예지몽으로 히든랭커 23

2022년 10월 18일 초판 1쇄 인쇄
2022년 10월 21일 초판 1쇄 발행

지은이 이현비
발행인 김정수 강준규

기획 이기헌 왕소현 박경무 강민구 조익현
책임편집 백승미
마케팅지원 이원선

발행처 (주)로크미디어
출판등록 2003년 3월 24일
주소 서울시 마포구 마포대로 45 일진빌딩 6층
Tel (02)3273-5135 편집 070-7863-8595 Fax (02)3273-5134
홈페이지 rokmedia.com E-mail rokmedia@empas.com

예지몽으로
히든랭커

이현비 게임 판타지 장편소설 ㉓

CONTENTS

여정

"대승입니다!"

"와아아!"

불안한 얼굴로 앞뒤에서 벌어지는 회색늑대와의 전투를 지켜보던 갈기족 사람들은 상기된 얼굴로 환호를 질렀다. 그들의 전사들이 그야말로 파도처럼 밀려오던 회색늑대들을 난도질해 버린 것이다.

전장 정리가 끝나고 집계한 결과 피해도 그리 크지 않았다. 16명이 죽었고 300여 명이 중경상을 입은 것이 고작이었다.

갈기족은 2만이나 되는 회색늑대를 생각하면 거의 피해가 없다고 여겼고, 실제로 아레오와 아나샤는 주술사들을 도와서 중경상자를 모두 치료했다.

이 전투는 이동 중 만날 것이 분명한 마수와 몬스터의 공격을 두려워하던 사람들의 걱정을 일소해 버렸고 무리의 사기는 끝없이 올라갔다.

"억터르텐과 함께하는 한 파란 고원까지 가는 건 아무 문제도 없을 거야!"

"하늘이 우리 갈기족을 굽어보고 계신 거라고!"

"다음에는 우리에게도 기회가 왔으면 좋겠다!"

사기 진작은 당연했고 전투에 전혀 도움이 되지 않는 노약자를 빼고는 다들 다음 전투에서는 자기도 할 일이 생기기를 바랄 정도였다.

게다가 전리품도 만족스러웠다.

출발하기 전 도축했던 어린 가축의 고기가 떨어지는 시점이라 변이되지 않은 회색늑대의 고기는 한동안 먹을 수 있는 식량이 될 수 있었다.

가죽 역시 질기고 두꺼워서 제대로 무두질하면 겉옷이나 방어구 혹은 바닥을 까는 용도로 사용할 수 있었다.

회색늑대들을 도축하느라 이동이 멈추었지만 지도부 누구도 그 점을 지적하거나 걱정하지 않았다. 변이동물 천지인 초원에서 이 정도의 질 좋은 식량과 다양한 쓰임을 가진 가축을 구하는 것은 행운이니 말이다.

"자, 다 됐으면 출발합시다!"

울바르의 말에 갈기족은 하던 일을 멈추고 다시 출발 준비를 했다.

2만에 가까운 회색늑대들이 죽었으니 그 피비린내가 사방으로 퍼져 나가고 당연히 마수와 몬스터들이 꼬일 거란 사실을 다들 알고 있는 것이다.

찾아올 놈들이 아직 도축을 못 했거나 빠른 작업에 살점이 남은 부위들을 먹는 데 정신이 팔린 것을 이용해서 최대한 빨리 이동해야만 했다.

하지만 갈기족은 바로 출발하지 못했다.

"와이번이다!"

높은 언덕 때문에 정찰이 너무 늦었다. 100여 마리에 달하는 와이번이 날아오고 있었다.

시각과 후각이 매우 뛰어난 놈들이 수많은 인간은 물론 사냥당한 회색늑대들의 사체를 발견하고 떼로 몰려오는 것이다.

"젠장! 너무 많아!"

얼굴이 파랗게 질린 갈기족 주민들은 약속이나 한 듯 납작 엎드렸다. 그저 가축만 채어 가길 바라는 것이 할 수 있는 전부였다.

상황이 이렇게 변하자 갈기족 지도부의 얼굴이 딱딱하게 굳었다.

좀 더 빨리 출발했어야 했다는 자책을 하는 것이다.

초원에서 와이번의 위상은 최상위 비행 마수 정도가 아니다.

　검기를 제대로 구사하지 못하는 전사들도 너무나 쉽게 먹이가 되는 상황이니 그야말로 재앙이나 다름없었다.

　검기를 구사한다고 해도 놈들을 사냥할 수는 없었다.

　와이번의 부리와 발톱은 검기를 능히 감당할 수 있었던 것이다.

　그때 공간 이동을 하듯 순식간에 제법 떨어진 넓은 공터로 달려간 가온이 전용 아공간을 개방했다.

　"나와!"

　기다렸다는 듯 플라위스들이 모습을 드러냈다.

　와이번 100마리 정도라면 굳이 다 불러낼 필요도 없었지만 오랜만에 바람이라도 쐬라는 의미에서 모두 소환했기에 공터는 거대한 몸집을 가진 플라위스들로 금세 채워졌다. 이제 새끼들도 다 커서 모두 성체라고 보면 된다.

　"너희들이 사냥할 놈들은 저쪽이다!"

　가온이 가리키는 방향을 쳐다보는 플라위스들의 눈에 강렬한 살기가 방출되었다.

　"가!"

　가온의 명령이 떨어지자 플라위스들은 그 육중한 몸에도 불구하고 너무나 가볍게 하늘로 날아올랐다.

　와이번들도 거대한 몸집을 가진 플라위스들의 존재를 인지하고 더욱 빠르게 날아왔다.

곧이어 벌어지는 공중전.

겨우 고개를 들고 두려움과 기대로 뒤범벅된 얼굴로 지켜보는 갈기족들의 얼굴이 어느 순간 이상해졌다.

"……억터르텐이 불러낸 새들이 와이번을 사냥하고 있어!"

"지금 날개가 찢겨 추락하는 놈들이 와이번이 맞는 거지?"

"억터르텐이 부리는 새들이 와이번보다 훨씬 더 커!"

"우리가 이기고 있다!"

갈기족들은 플라위스를 어느새 우리 편이라고 인식했다. 한 번도 본 적이 없어서 정체는 알 수 없지만 가온이 불러낸 새들이었다.

플라위스들은 가장 강력한 공격 수단인 화염 브레스를 쓰지 않고 순수한 능력으로 와이번을 상대하고 있었는데, 마치 어른이 어린아이를 상대하는 것처럼 쉽게 사냥하고 있었다.

몸집이 훨씬 더 큰데도 비행 속도는 더 빠르고 방향 전환까지 빠르다.

거기에 부리나 발톱에는 오러블레이드에 버금가는 오러네일이 길게 뻗어 나와서 와이번의 머리통이며 날개를 종잇장처럼 가볍게 찢어 버렸다.

한마디로 상대가 되지 않았다.

정신을 쏙 빼놓고 플라위스와 와이번의 공중전을 지켜보던 사람들이 조심할 일이 하나 있었다.

"피햇!"

넋 놓고 있다가는 추락하는 와이번에 깔릴 수도 있어서 전 사장들이 호통으로 사람들의 정신을 일깨웠다.

그렇게 플라위스와 와이번의 공중전은 순식간에 끝났다. 도망친 놈이 아예 없을 정도로 와이번은 완전히 학살당했다.

'퍼플, 화이트, 레드, 각각 무리를 이끌고 근처에서 사냥을 하면서 특이한 것이 있으면 내게 보고하도록 해.'

앞으로 와이번이 자주 출몰할 테니 이제부터는 아예 꺼내 놓을 생각이었다.

플라위스의 세 대장에게 그렇게 명령을 내린 가온이 주위 를 돌아보자 갈기족 대다수는 아직도 현실감이 없는지 멍한 얼굴을 하고 있었다.

"울바르 대전사, 혹시 와이번을 도축할 수 있소?"

사람들 눈이 많으니 구울로 만들 수도 없고 아공간에 넣기 도 그랬다. 사람들을 놀라게 하느니 도축을 해서 가치가 높 은 부위만 챙겨서 갈기족을 위해 사용하는 것이 나았다.

"아, 가능합니다!"

마나를 자유롭게 구사할 수 있는 실력의 전사라면 가능한 일이다.

"와이번의 뼈는 가볍고 단단해서 천막 지지대로 어울릴 것 이오. 나중에 창이나 화살의 재료로 사용해도 되고. 가죽은 가볍고 질겨서 방어구의 재료로 사용하거나 바닥에 깔면 땅에서 올라오는 냉기를 막아 주는 용도로 사용할 수 있소. 아무튼 시간은 좀 걸리겠지만 도축을 부탁하지."

일단 와이번이 출현했으니 아무리 짙은 피비린내가 난다고 해도 한동안 찾아올 마수나 몬스터는 없을 것이다.

"알겠습니다. 바로 시작하겠습니다!"

울바르는 전사장 이상을 소집해서 도축을 지시했다.

아까 회색늑대를 상대로 대승을 거두었을 때와 달리 이번에는 갈기족의 반응은 조용하기만 했다.

그도 그럴 것이 거대한 플라위스들을 불러내어 와이번 100여 마리를 순식간에 사냥하는 모습은 그들이 받아들일수 있는 선을 넘어 버린 일이다.

갈기족 주민들은 조용히, 그리고 경외심이 가득한 눈으로 가온을 훔쳐보며 전사들을 돕거나 할 일을 했다.

'과연 억터르텐!'

오직 그 생각밖에 나지 않았다.

일반 갈기족의 반응은 그 정도에 그쳤지만 대전사장들을 제외한 지도부가 받은 충격은 엄청났다.

다들 어지간한 마수나 몬스터를 사냥할 수 있는 능력을 가지고 있으며 많은 사냥 경험을 가졌기에 와이번을 너무나 쉽게 사냥하는 모습에 경악할 수밖에 없었다.

사실 갈기족 지도부, 즉 족장과 원로들은 가온과 함께 던전을 공략했던 전사들과는 생각이 좀 달랐다.

전사들이 침을 튀기며 열띤 얼굴로 보고를 했지만 가온의 능력을 제대로 믿지 않았었다.

능력을 부정하는 것은 아니지만 필연적으로 과장이 되었다고 생각했다. 생각이 많은 자들이니만큼 전사들의 보고를 곧이곧대로 믿지 않은 것이다.

그래도 오염된 거대한 호수를 정화시킨 능력은 자신들이 눈으로 직접 확인했으니 믿을 수밖에 없었다.

그럼에도 불구하고 그들 중 상당수는 가온이 정말 억터르텐이라고는 생각하지 않았다.

'억터르텐은 그저 전설일 뿐이야!'

가온은 마족도 처단할 정도로 강한 전사이며 대우를 잘해 주면 일족이 파란 고원으로 이주하는 동안 큰 도움이 될 거라고 이용할 생각을 한 것이다.

그래서 일반 갈기족들이 가온을 억터르텐으로 받드는 것도 모른 척 방치했다.

지도부 입장에서는 몰릴 대로 몰린 일반 갈기족이 의지할 대상이 있는 편이 좋았기 때문이다.

올바르, 바토르, 푸토마를 정점으로 한 전사들이 진심으로 가온을 따르는 것과 달리 족장과 원로들은 가온을 일족에게 큰 은혜를 베푼 은인 정도로 대우했다.

하지만 회색늑대들을 사냥하는 과정에서 엄청난 전투력을 보여 준 가온이 연이어 불러낸 거대한 플라위스들이 와이번을 사냥하는 모습을 보고 나니 생각이 바뀔 수밖에 없었다.

'전설이 사실이었어!'

갈기족 지도부는 하늘의 새와 함께 찾아와서 멸족의 위기에 빠진 갈기족을 구해 준다는 억터르텐의 전설이 실현되었다는 사실을 강하게 느끼고 있었다.

이후 이동은 순조로웠다. 사기가 높고 노약자가 무리할 일이 없으니 자연스럽게 속도가 올라갔던 것이다.

하지만 갈기족이 모르는 비밀도 있었다.

'골드비 꿀의 효과가 대단하네.'

가온은 골드비 꿀을 물과 1 : 100의 비율로 희석을 시켜서 사람이나 무거운 짐을 지고 있는 초원 늑대와 말 그리고 가축들이 먹는 물에 타 주었는데, 놀랍게도 체력 증진 효과가 있어서 빠른 이동에도 불구하고 가축들이 전혀 지치지 않았다.

가축들만 수혜를 누린 것은 아니었다. 가온은 갈기족 노약자들에게 비약이라는 이름으로 희석액을 저녁에 먹도록 조치를 취했는데 농도는 묽었지만 하루의 피로를 해소시키는 정도의 효과가 있었다.

덕분에 열흘이 지났을 때는 이미 멀리 파란 고원이 보이는 거리까지 이동할 수 있었다.

그동안 회색늑대의 경우처럼 대규모 기습은 없었지만 자

잘한 공격을 꽤 있었다. 초원의 주인이라고 할 수 있는 회색 늑대는 물론이고 마수인 혼울프까지 수시로 기습을 해 왔다.

그래도 다행한 것은 그런 무리가 1천에서 3천 정도로 갈기족 전사들이 크게 무리하지 않고 물리칠 수 있는 수준이라는 점과 가온이 플라위스들을 통해서 미리 기습 여부를 알고 있다는 점이다.

일단 정보를 먼저 손에 쥐었고 숫자에서도 크게 차이가 났기 때문에 기습하는 놈들을 오히려 매복해서 처리하거나 선공을 해서 일반 갈기족에게 행여 발생할 수도 있는 피해를 막을 수 있었다.

갈기족이 가장 걱정을 했던 와이번은 전혀 걱정할 필요가 없었다. 와이번이 나타나는 족족 일행과 함께 움직이는 플라위스들이 사냥해 버렸다.

와이번보다 현격하게 몸집이 크고 비행 속도나 비행술이 뛰어난 플라위스 한 마리가 와이번 서너 마리를 사냥할 정도로 강력한 전투력을 보여 주었다.

덕분에 여기까지 오는 동안 총 네 번에 걸쳐서 총 700마리의 와이번을 사냥할 수 있었는데 자신도 투명날개를 이용해서 직접 사냥에 참여한 가온은 이상한 점을 느낄 수 있었다.

'갈기족 전사들의 얘기를 듣고 예측은 했지만 정말 마기에 오염된 것이 틀림없어.'

갈기족이 보면 플라위스들이 와이번을 굉장히 쉽게 사냥

하는 것 같겠지만, 사냥당한 놈들은 던전에 서식하던 골드그리핀만큼이나 강력한 전투력을 가지고 있었다.

플라위스들만큼 거대한 몸집을 가진 놈들도 종종 보여서 꽤 오랜 시간 동안 마기의 영향을 받았음을 알 수 있었다.

마기에 잠식되는 정도나 속도는 종에 따라서 다르다.

웜처럼 생태계에서 가장 아래쪽에 속하는 놈들이 가장 빨리 마기에 오염이 되어 변이를 일으키기 쉬우며 가장 위쪽에 속하는 동물은 당연히 마기에 잠식되어 변이하는 속도가 느리고 그런 사례도 많지 않다.

그 점을 고려하면 갈기족 전사들의 말대로 파란 고원에 존재한다고 예상되는 던전이 초원에서 가장 먼저 생성되었을 가능성이 높았다.

마충

파란 고원과 가까워질수록 갈기족은 긴장했지만 가온은 달랐다.

'고원에 있을 것으로 추정되는 던전이 제발 마지막이길!'

이 세상으로 건너온 것도 벌써 200일이 가까워지고 있었다. 곁에 항상 아레오와 아나샤가 있기에 외롭거나 지루하지는 않았지만 그래도 의뢰를 빨리 마무리하고 싶었다.

'그나저나 일정에 맞추었음에도 우기를 피하지 못했네.'

이미 이틀 전부터 하늘에 먹구름이 층층이 쌓이고 있었다.

우기에는 일반인의 경우 맞으면 아플 정도로 굵은 비가 거세게 내리고 바람까지 강하게 불어서 체온이 크게 떨어지기 때문에 갈기족은 비 맞는 것을 극도로 기피했다.

결국 갈기족은 오늘 통합 대회의를 열어서 이동을 잠시 멈추기로 하고 비로 인한 피해를 막기 위해서 제대로 된 숙영지를 건설하기 시작했다.

이번 우기는 본격적인 우기에 앞서 이삼일 정도로 짧게 나타나는 전조 우기에 해당한다고 했다. 본격적인 우기는 그 후 보름 정도가 지나야 시작된다고 했다.

이젠 자신을 보면 무릎부터 꿇고 보는 갈기족의 한 원로는 조심스럽게 걱정을 드러냈었다.

"전조 우기가 끝나고 나면 대대적으로 황충이 번식할 가능성이 큽니다. 지난 우기가 끝난 직후에도 이곳과 멀지 않은 곳에서 황충이 창궐했었습니다."

황충이라면 메뚜기다. 이 세상도 지구처럼 메뚜기의 창궐이 큰 문제인 모양이다.

"단순히 황충이라면 큰 문제가 없을 테지만 최근 초원에서 일어난 변화를 고려하면 마충으로 변이했을 확률이 아주 높습니다. 5년 전과 2년 전에도 변이한 마충으로 인해서 초원의 많은 지역이 크게 황폐해지는 바람에 엄청난 피해를 입었습니다. 마충은 황충과 달리 잡식성이라서 사람과 가축까지 잡아먹기 때문에 놈들이 지나간 자리는 그야말로 아무것도 남지 않습니다."

동물은 물론 사람까지 잡아먹는다니 과연 마충으로 불릴 만했다. 그리고 마충은 황충과 달리 먹을 수도 없고 마정석이라고 해 봐야 깨알 크기여서 쓸데도 없어 잡아 봐야 아무 소용도 없다고 했다.

워낙 수가 많고 포식 본능이 강해서 대전사장들도 마충이라면 고개를 저으며 도망을 칠 수밖에 없다는 말도 덧붙였다.

'골치가 아프네.'

정말 원로가 말한 대로 마충이 창궐하고 갈기족을 덮친다면 정말 크나큰 비극이 발생할 것이다.

아무리 가온이 그랜드마스터에 근접한 실력을 가지고 있다고 해도 수를 헤아릴 수 없이 많은 마충을 모조리 잡아 죽일 수는 없으니 말이다.

'설마 마충도 뤼나웜처럼 대대적으로 번식하려나?'

가능성이 없지는 않았다. 외부 세력의 수작이든 다른 이유에서든 오랫동안 다른 부족과 싸워 왔던 갈기족도 겨우 200만 명 정도만 남아서 한곳에 모여 살게 된 지금 초원에서 마충을 막거나 박멸할 세력은 없었다.

만약 마충이 초원의 동식물을 모두 먹어 치우고 초원 밖으로 진출한다면 뤼나웜으로 인해 한번 지옥을 맛본 인간들은 이번에는 진짜 멸망할 수도 있었다.

갈기족들이 말한 대로라면 하루에도 수만 보 거리를 이동하며 해당 구간을 초토화시키는 마충은 정말 위험한 존재였다.

'어쩌면 파란 고원에 자리를 틀었다는 와이번 무리가 문제가 아니라 마충이 문제였을 수도 있겠네.'

마충은 우기 직후에 대규모로 번식했다가 건기의 절정에 달하면 알을 낳고 죽는다. 그리고 그 알들은 우기로 인해 대기가 축축해지면 깨어나 단기간에 유충과 성충의 단계로 성장하는데, 번식 주기가 반복될 때마다 수가 이전의 수십 배가 늘어난다.

'일단 사람들과 진지하게 논의를 해 봐야겠네.'

일단 갈기족 주술사들을 대상으로 회의를 소집한 가온은 벼리와 파넬에게도 마충을 박멸시킬 방안을 연구해 보라고 요청했다.

회의는 열렸지만 100여 명에 달하는 갈기족 지도부와 두 여인은 마충을 처치할 수 있는 효과적인 방책을 내지 못했다. 특히 갈기족 주술사들은 마충에 대해서 깊은 두려움을 가지고 있어서 제대로 생각할 여유도 없어 보였다.

"락타, 마충에 대해 우리가 모르는 것이 더 있나요?"

아나샤가 그간 친해진 한 주술사에게 그렇게 물을 정도로 두려움에 질려 있었다.

"사실 마충이 나타난 초기에 주술로 없애려는 시도를 한 적이 있었습니다. 전사들과 달리 우리 갈기족의 주술사들은 사이가 그리 나쁘지 않았습니다. 서로 비전을 교환하고 주술과 다양한 치료법에 대한 정보를 나눌 정도였지요. 그래서 그 시도에 참가한 주술사들만 무려 200명이 넘었습니다."

"그런데요?"

"갈기족을 대표하는 원로 주술사들은 물론 한창 이름을 날리던 주술사 200여 명이 힘을 합쳐 주술을 펼쳤음에도 불구하고 마충이 지나간 자리에는 아무것도 남지 않았습니다. 푸르던 초지는 굵은 모래밖에 없는 사막으로 변해 버렸고요. 그동안 부족간의 분쟁을 중재하고 초원 주변 국가들의 음모를 꿰뚫어 보고 조언해 주던 노련한 주술사들이 사라진 후 우리 갈기족은 빠르게 멸망의 길을 걷게 되었습니다."

초원의 지배자였던 갈기족이 왜 이렇게 빠르게 무너졌나 했더니 머리를 담당하는 이들이 대거 사라졌기 때문인 모양이다.

"그들이 당시 어떤 주술을 펼쳤는지 알고 있나요?"

이번에는 아레오가 물었다.

"불의 고리라는 주술진이었습니다. 연달아 화염 고리가 바깥쪽으로 퍼져 나가는 주술이 펼쳐지는, 범위만 무려 1천 보에 달하는 대규모 주술진이었지요."

"설마 주술진이 제대로 발동하지 않은 건가요?"

"아닙니다. 불의 고리는 제대로 발동되었습니다. 멀리에서도 거대한 화염이 동심원을 그리며 퍼져 나가는 모습을 볼 수 있었지요."

"그런데도 마충을 박멸하기는커녕 주술사들이 모두 목숨을 잃었단 말인가요?"

"네. 엄청난 숫자의 마충이 불에 타 죽었지만 그래 봐야 일부에 불과했던 겁니다. 주술사들은 도망칠 여유도 없이 놈들에게 뼈도 남기지 못하고 잡아먹혀 버린 것이지요. 그때만 해도 마충이 번식을 거듭할 때마다 수가 100배 이상 늘어나고 능력도 강해진다는 사실을 알지 못했거든요."

생각만 해도 끔찍한 일이다.

"지난번에 창궐했던 마충의 경우 초원 중서부를 초토화시켰습니다. 동서의 길이만 무려 40만 보에 달하고 남북의 길이는 20만 보에 달할 정도로 넓은 지역이 생명이 살 수 없는 땅으로 변해 버렸습니다. 아마 이번이나 다음번에 창궐하면 초원은 완전히 황폐해질 겁니다."

성인 남자를 기준으로 하면 남북으로 최소 120킬로미터, 동서로는 240킬로미터에 이르는 광대한 지역이 마충에 의해서 초토화가 된 것이다.

그런데 매번 번식을 할 때마다 규모가 이전의 수십 배나 커진다니 주술사들이 두려워할 만했다.

가온은 마충이 뤼나웜과 마찬가지로 세상에 마기를 퍼트리는 원천일 가능성이 높다고 생각했다.

'어쨌거나 이 세계 사람들을 위해서라도 이번에 반드시 처리를 해야겠구나.'

사실 지구에서도 거대한 메뚜기 떼가 간혹 창궐해서 엄청난 피해를 입힌다. 고대는 물론이고 과학 문명이 최고조로 발달한 현대에도 마찬가지였다.

현대에도 메뚜기 떼를 처리하는 유일한 대책은 드론을 이용해서 살충제를 살포하는 것밖에 없다.

하지만 그러기 위해서는 엄청난 양의 살충제가 필요할 뿐 아니라 공중에서 살포할 비행기나 드론을 동원하는 데 들어가는 비용 문제 등으로 박멸하는 데는 실패했다.

어떤 국가에서는 메뚜기의 이동을 막기 위해서 수십만, 수백만 마리의 오리를 동원하는 촌극도 벌어질 정도로 심각한 문제였다.

초식만 하는 메뚜기의 창궐도 그럴진대 잡식, 즉 모든 것을 먹어 치우는 마충이 창궐하는 것이니 큰 문제가 될 수밖에 없었다.

가온은 그 얘기를 들으면서 벼리의 의념을 전해 듣고 있었다.

'그러니까 셋의 의견은 마충을 좁은 협곡으로 유인해서 신성진을 이용해서 해치우자는 거군.'

-네, 오빠. 홀리필드진은 마충의 비행 능력을 약화시킬 수 있으니 밀집도가 높아지는 순간 신성력을 뇌전력으로 변환하는 것으로 박멸할 수 있잖아요.

마충이 알을 낳기 전에 그런 방식으로 수십, 수백 번에 걸쳐 사냥을 한다면 박멸까지는 아니더라도 세를 확 꺾어 버릴 수 있을 것이다.

'괜찮은 생각 같기는 한데 유인하는 것이 문제네.'

잡식성이니 동물의 사체에 이끌릴 수도 있지만 확실한 것은 아니다. 수가 그렇게 많다면 벗어나는 놈들도 많을 것이고.

—마충이 특별히 좋아하는 먹이를 알면 좋을 텐데 아쉽네요.

벼리의 마지막 말에 회의 내내 입을 닫고 있었던 가온이 주술사들을 돌아보며 입을 열었다.

"혹시 마충이 특별히 좋아하는 먹이가 있소?"

"……."

누군가 알고 있다면 큰 도움이 될 텐데 주술사들은 주위를 둘러보며 눈만 굴리고 있었다. 마충의 식성에 대해서 그들이 알고 있는 사실은 마충이 뭐든 닥치는 대로 먹는다는 것뿐이다.

실망한 가온이 직접 알아보기 위해서 회의를 마치려고 할 때 구석에 있던 한 주술사가 조심스럽게 손을 들었다.

"저어……."

"말해 보시오."

부디 가온이 기대하는 대답이 나왔으면 좋겠다.

"저도 돌아가신 할아버지께 들은 건데, 마충은 먹지 못하

는 것이 없지만 특히 마수나 몬스터의 사체에 환장을 한다고
해요."

말한 주술사는 갓 스물을 넘겼을 정도로 젊은 여인으로 모
발이 붉은색이었다.

"마수와 몬스터의 사체라⋯⋯."

말이 된다.

마기를 품고 있는 놈들은 일반 동물과 성장 방식이 다르
다. 먹이는 마기를 품고 있지 않은 동물을 선호하지만 성장
을 위해서는 마기를 품은 놈을 죽이고 그 사체를 먹어야 한
다. 마정석을 먹는 것은 당연하고.

그러니 마충도 성장이나 번식을 위해서 마기를 품은 사체
를 선호하는 것은 당연하다.

"특히 마기로 인해 변이된 마수와 몬스터의 그것을 좋아한
다고 했어요."

그렇다면 풍부한 마기를 머금고 있는 던전의 마수와 몬스
터나 변이한 놈들을 말하는 것이리라.

"초원에도 많은 던전이 생겼고 그중 몇 곳에서는 던전 브
레이크가 발생하거나 주기적으로 내부의 마수와 몬스터가
나왔지만, 수가 늘어나지 않은 것은 아이러니하게도 마충 덕
분이었어요."

생각해 보니 10여 년 전부터 초원에서 발견되던 혼울프의
일부가 서식 환경이 별로 좋지 않은 산악 지대로 내려간 것

이 마충 때문이 아니었을까 하는 의심이 들었다.

아무튼 그 말에 마충을 어떻게 유인할지 확실하게 감이 왔다.

"귀중한 정보요. 큰 도움이 되었소."

가온이 고개를 숙여 감사함을 표시하자 그 주술사는 황송한 얼굴로 어쩔 줄 몰라 했다.

"온 랑, 마충을 박멸할 방도를 떠올리신 거죠?"

역시 눈치가 빠른 아레오가 방금 전 강렬하게 빛났던 가온의 눈빛을 본 모양이다.

"효과는 장담하기 힘들지만 일단 써 볼 만한 계책이 생각나긴 했어."

가온은 벼리와 두 리치가 머리를 맞대고 찾아낸 방책을 간단하게 설명해 주었다.

"홀리필드진의 규모와 숫자는 이제 문제가 되지 않으니 충분히 가능해요! 협곡 위로 날아오르는 놈들에 대한 대책만 강구하면 돼요."

그러고 보니 메뚜기도 기류를 탈 수 있어서 높은 고도를 비행할 수 있었다.

"그 문제도 있었군."

마충을 박멸할 훌륭한 전술이 나왔다고 생각했기에 더욱 실망스러웠다.

하지만 실망하기엔 일렀다.

"좋은 곳이 있습니다!"

"적합한 곳이 있습니다!"

아레오와 친한 락타라는 주술사와 세 명의 주술사가 동시에 자리에서 일어나면서 외쳤다.

환희에 찬 얼굴들을 보아하니 두 번째 문제까지 해결할 수 있는 장소임이 틀림없을 것 같았다.

"어디요?"

"란하트랑 협곡입니다!"

네 주술사의 입에서 같은 장소가 나왔다.

"어떤 곳이오?"

"이곳에서 말을 타고 하루 거리에 있는 곳으로 폭은 100보가 약간 넘고 양쪽 절벽의 높이는 400보 정도 되는 거대한 협곡입니다."

"란하트랑 협곡의 바닥은 건기에도 소량의 물이 흐르는데 식생이 협곡답지 않게 아주 풍부합니다. 저희 주술사들이 많이 이용하는 허브 종류도 많이 자라고 초식동물도 많이 서식합니다. 그리고 저희가 란하트랑 협곡이 적합하다고 생각한 이유는 협곡 위쪽 절벽에 서식하는 투명 거미 때문입니다."

락타에 이어 마충이 좋아하는 먹이에 대한 정보를 언급한 청수한 외모의 주술사가 대답했다.

"투명 거미?"

가온은 모인 주술사 중에서 방금 전에 협곡에 대해서 설명한 노란갈기족 주술사를 보며 물었다.

"네. 식생이 풍부한 협곡이다 보니 초원에서 보기 힘든 다양한 곤충들과 작은 새들이 서식하는데, 그런 놈들을 노리고 협곡 양쪽 절벽에 투명 거미들이 대규모로 자리를 잡았습니다. 아! 몸이 투명해서가 아니라 거미줄이 눈에 거의 보이지 않을 정도로 가늘고 투명하다고 해서 붙여진 이름입니다. 거미 자체는 손톱 크기에 독도 없습니다."

"그 거미들이 협곡 위쪽에 거미줄을 쳤다는 얘기인가요?"

이번에는 아나샤가 물었다.

"그렇습니다. 눈에 잘 안 보일 뿐이지 협곡 위쪽은 촘촘한 거미줄로 뒤덮여 있을 정도입니다. 그리고 거미줄을 얼마나 중첩시켰는지 와이번도 거미줄에 걸리면 한참 씨름을 해야 벗어날 수 있을 정도입니다."

그 정도라면 아예 처음부터 협곡 위쪽으로 날아가던 놈이 아니라면 확실히 협곡 위로 빠져나가는 마충은 없을 것 같았다.

"좋소. 그렇게 해 봅시다."

일단 해 보고 실패하면 보완을 하면 된다.

그렇게 회의를 마치고 사람들이 자리를 떠나고 가온 혼자 남았을 때 뜻밖에도 파넬이 의념을 보내왔다.

─주인님, 드릴 말씀이 있습니다.

'말해 보시오.'

-마충을 효과적으로 처리할 수 있는 방법에 대한 얘기입니다.

그런 것이라면 뭐든 들을 용의가 있었다.

-방금 회의에서 나온 전술대로 하면 마충의 사체가 제대로 남지 않을 겁니다.

생각해 보니 그럴 것 같다. 손가락 크기의 마충이 신성력이 치환된 전격에 노출되면 단순히 감전사하는 것이 아니라 새까맣게 타 버릴 가능성이 농후했다.

'그럼 사체를 온전히 남길 수 있는 방법이 있소?'

만약 있다면 갓상점 측과 약정한 대로 명예 포인트를 벌어들일 수 있었다. 그래 봐야 뤼나월보다 현저하게 낮은 등급으로 산정될 가능성이 크지만 말이다.

-있습니다. 마충들을 얼려 죽이면 됩니다. 프리즈 마법을 사용해서 말입니다.

프리즈는 대상을 얼리는 마법으로 2서클에 불과한 기초 마법이다. 당연히 마력을 더 주입하면 위력은 높아지지만 마충을 그 마법으로 얼려 죽이는 식으로 사냥을 하게 되면 시간이 많이 걸릴 수밖에 없었다.

더구나 프리즈 마법은 익히지도 않았다.

하지만 파넬도 이미 그 사실을 알고 있었다.

-주인님의 마력은 그 자체로도 7서클 마법사의 그것 이상인데 마력으로 치환할 수 있는 음양기는 더 엄청나기 때문에

굳이 정형화된 탄 차원의 마법을 고집할 이유가 없습니다. 심상 마법으로도 충분합니다.

'심상 마법?'

심상 마법은 아레오가 구현하는 방식의 마법이다.

서클 마법처럼 주문이나 마력 증폭의 과정을 거치지 않고 심상을 제대로 구현하고 마력을 사용하는 것으로 구현할 수 있었다.

ー그렇습니다. 주인님처럼 강대한 정신력과 뛰어난 이미지화 능력 그리고 막대한 마력의 보유자라면 굳이 주문과 지팡이나 완드를 이용한 증폭 과정이 필요하지 않습니다. 그런 건 저나 벼리가 마법을 쓸 때나 쓰는 방식이고 주인님은 조금만 수련하면 서클 수나 주문에 관계없이 마법을 시전할 수 있습니다.

'하하하. 나를 너무 띄워 주는 거는군.'

가온은 기분이 좋으면서도 한편으로는 믿기가 힘들었다. 심상 마법이야 아레오를 통해 접했고 그 이론은 꿰뚫고 있었지만, 한 번도 써 본 적이 없기 때문에 가능할 것 같지가 않았다.

ー아닙니다. 이전부터 그렇게 생각하고 있었습니다. 복잡한 계산과 마법어의 정확한 배열은 물론 성조와 음고를 고려해서 영창해야 하는 주문 그리고 지팡이나 완드를 통해 증폭을 시켜야 하는 서클 마법은 주인님에게 어울리는 옷이 아닙니다.

'정말 내가 심상 마법을 사용할 수 있을까?'

—당연히 가능합니다. 심상 마법은 드래곤이 사용한 의념 마법과 같은 계열인데 주인님의 정신력은 드래곤만큼이나 강대합니다. 제가 이론적인 토대를 제공할 테니 자신의 능력에 대한 확신을 가지고 발현을 해 보십시오. 제가 알려 드리는 순서대로 발현하다 보면 감이 잡힐 겁니다.

'좋소. 한번 해 봅시다.'

자신을 믿지 못했던 가온은 파넬의 연속된 파넬의 설득에 심상 마법을 제대로 익혀 보기로 했다.

심상 마법을 처음 수련하는 것이기에 당연히 시간이 꽤 걸릴 것으로 예상되었다.

그래서 가온은 아레오와 아나샤에게 얘기를 해 두고 생명의 아공간으로 향했다. 물론 당연히 시간의 흐름을 현실보다 100분의 1로 설정했다.

자신을 반기는 엘프족과 모라이족 그리고 나가족 원로들과 간단하게 인사를 나눈 후 적당한 곳을 찾아서 파넬의 도움을 받아 심상 마법을 수련하기 시작했다.

'호오! 생각보다 쉬운데.'

기존에 익히고 있는 마법의 경우 발현 시에 일어나는 현상을 자세하게 알고 있어서 그런지 연상하는 과정 자체가 아주 쉬웠다. 그래서인지 현재 익히고 있는 마법들은 몇 번의 실패 후 모두 성공적으로 발현할 수 있었다.

문제는 익히지 않은 마법, 즉 프리즈와 같은 마법이었다. 단순히 대상을 얼리고 싶다고 염원하는 것만으로는 크게 부족했다.

원하는 마법의 효과를 완벽하게 머릿속에 떠올리고 마력을 움직이며 강하게 염원해야만 발현이 되었다.

물론 처음에는 당연히 실패의 연속이었다. 그럴 수밖에 없는 것이 연상이라는 사고(思考) 과정에 대한 이해가 부족했다.

하지만 시간이 흐르고 원하는 현상에 대한 파넬의 설명과 조언을 바탕으로 계속 시도하자 어느 순간 감이 오더니 빠르게 제대로 된 현상을 발현할 수 있었다.

식량은 전혀 걱정할 필요가 없었다. 세 부족의 원로들이 번갈아 끼니때마다 식사를 챙겨 가지고 왔다.

그렇게 심상 마법의 수련을 시작한 지 50일이 넘었을 때 주목할 결과를 얻을 수 있었다.

모라이족이 농사용으로 건설한 저수지 안으로 들어가서 물속에 목만 내놓고 앉아 있는 가온이 머릿속으로 선명한 이미지를 그리는 동시 마력을 움직이며 마법 주문을 내뱉었다.

심상 마법은 굳이 소리를 낼 필요는 없지만 연상을 제대로 구현하는 데 도움이 된다.

"프리즈!"

쩌저저정.

가온의 주위에 있는 물이 빠르게 얼기 시작하더니 얼마 후에는 저수지 전체가 얼어 버렸다.

물만이 아니었다. 대기 중의 수분 입자까지 얼어붙어 작은 흰색 결정이 눈처럼 내리기 시작했다. 물론 저수지 주위의 풀에는 서리가 잔뜩 내렸다.

힘으로 얼음을 깨고 자리에서 일어난 가온은 처음으로 성공한 프리즈 심상 마법의 결과를 찬찬히 살폈다.

일단 얼음의 두께는 대략 10센티미터였고 상당히 단단했다. 더구나 대기 중의 수분 입자까지 얼어붙을 정도이니 위력은 충분했다.

저수지 밖으로 나가서 서리가 하얗게 내린 풀잎을 만지자 바로 부서졌다. 잎 표면뿐 아니라 내부의 수분까지 얼어붙었다.

서클 마법으로 펼치는 프리즈 마법은 한 번도 본 적이 없지만 그보다 당연히 몇 배는 강력할 것 같아서 만족스러웠다.

무엇보다 자신을 중심으로 전 방향의 물이 고르게 얼어붙었다는 사실이 마음에 들었다.

'이 정도면 됐어!'

ㅡ아닙니다. 한 번에 얼마나 많은 마력이 소모되는지, 소모되는 마력과 얼어붙는 범위 등을 정밀하게 연구할 필요가

있습니다.

파넬은 마법학자답게 과정과 결과를 모두 중요시했고 가온은 할 수 없이 그의 요구대로 수십 일에 걸쳐서 수없이 프리즈 마법을 펼쳐야만 했다.

그런 과정을 거쳐 확인한 사실은 자신을 중심으로 50미터 거리를 상하좌우까지 얼려 버릴 수 있으며 현재 그의 마력 보유량이라면 최소한 300번 이상은 프리즈 마법을 펼칠 수 있다는 것이었다.

－그 정도면 될 것 같습니다. 음양기를 마력으로 치환하면 5배 정도는 더 펼칠 수 있으니까요.

"허어, 허헛!"

그럼 총 1,500번이나 프리즈 마법을 사용할 수 있다는 얘기이니 파넬의 의념에 가온도 헛웃음을 터트릴 수밖에 없었다.

아무튼 원하는 것을 얻었으니 이젠 나가야 했다.

가온은 네 부족의 원로들을 만나서 생명의 아공간 내부의 자잘한 문제를 함께 의논하고 처리한 후에야 아공간을 나왔다.

"왜 이렇게 늦게 오셨어요?"

"괜찮아요?"

현실로 돌아오니 아레오와 아나샤가 달려들며 물었다.

"시간이 많이 흘렀어?"

"거의 하루가 지났다고요."

그럼 생명의 아공간에서 무려 100일에 가깝게 심상 마법을 수련했다는 얘기였다.

"그러고 보니 배가 고프네. 그런데 밖에 비가 오네."

투두두두.

천막에 부딪히는 빗소리가 아주 요란했다.

"엄청 많이요! 빗방울이 얼마나 굵은지 머리가 아플 정도예요."

"내리기 시작한 지 얼마 되지 않았어요. 그런데 제대로 된 우기도 아니고 이삼일 내리는 것이 고작이라는데 이렇게 엄청난 기세로 내리다니 정말 신기해요."

"언니 말대로 신기해요. 그래도 이삼일 내내 내리는 것이 아니라 잠깐 내리다 그치고 다시 내리기를 반복한다고 해요."

"아무튼 이 비가 그치고 나면 마충이 창궐한다는 거지?"

"맞아요. 마충은 황충에 비해서 알이 부화하고 유충이 성충이 되는 시간이 무척 짧다고 했어요."

"하루면 성충이 된다고 했던 것 같아요."

정말 무시무시한 성장 속도다.

'어쩌면 뤼나웝보다 더 무서운 존재가 될 수도.'

만약 마충이 짧은 우기에 긴 건기를 가진 초원 환경이 아니라 초원 밖으로 이동한다면 이 세상은 그야말로 아비규환이 되고 말 것이다.

뭐든지 먹어 치우는 수백억, 아니 조 단위에 달하는 마충이 세상의 생명체를 모두 잡아먹고 말 테니 말이다.

그 전에 끝장을 내야만 했다. 이건 의뢰 때문이 아니라 같은 인간으로서 참을 수 없는 일이었다.

"아무튼 식사부터 하세요. 양고기가 남았으니 스튜를 끓여 드릴게요."

"매콤했으면 좋겠다."

요리 솜씨가 좋은 아레오의 말에 가온에 앞서 아나샤가 침을 삼켰다.

"날 찾는 사람은 없었어?"

비가 와서 따로 할 일이 없었을 테니 습관처럼 찾아온 이도 있었을 테지만 중요한 일로 찾아온 이도 있었을지 몰라 묻는 것이다.

"없기는요. 다들 한 번씩 찾아왔어요."

"은밀히 알아볼 일이 있어서 정찰을 나갔다고 말해 뒀어요."

아무래도 두 사람의 대답을 보니 중요한 건으로 찾아온 이는 없는 것 같았다.

"그럼 우리 아레오 요리사의 솜씨를 한번 볼까."

"호호호. 기대해도 돼요. 갈기족 부인들에게 꽤 많은 요리법을 전수받았으니까요."

"그러고 보니 말젖으로 만든 술도 선물받았어요. 양고기 스튜랑 같이 마시면 어울릴 것도 같아요."

지구의 마유주와 비슷한 술이 아닐까 싶은데 두 여인과 달리 가온은 현실의 100일에 해당하는 기간 동안 최소한으로 취식을 하면서 수련에 매진했기 때문에 매콤한 국물에 독한 술 한잔이 무척이나 당겼다.

"어제 못 했던 숙제도 해야죠."

아레오가 무슨 소리를 하나 싶어 쳐다봤더니 얼굴이 홍시처럼 붉어진다. 그녀뿐 아니라 아나샤까지 얼굴을 붉히는 것을 본 가온은 피식 웃었다.

"숙제부터 할까?"

그동안은 심상 마법을 익히는 데 전념을 했기에 전혀 생각도 안 했었지만 그 말이 나오니 급격하게 몸이 달아올랐다.

대답이 없는 것을 보니 두 여인도 그와 마찬가지인 것 같았다.

"그럼 숙제하러 가 볼까."

그 말고 함께 빗속으로 나가는 가온의 두 팔에는 어느새 얼굴이 발갛게 변한 아레오와 아나샤의 팔이 단단하게 끼워져 있었다.

전조 우기는 꼬박 이틀 동안 이어졌다.

초원 대부분에 내린 비로 인해서 말라붙었던 흙은 다시 생명력을 되찾았고 흙을 기반으로 살아가는 수많은 식물들이 그 수혜를 입었다.

꽤 많은 양의 비가 내린 터라 식물들 중 일부는 벌써 꽃을 피워 내고 열매를 맺었다.

비가 완전히 그친 후 가온은 상황을 살피기 위해서 정찰 비행에 나섰다.

란하트랑 협곡은 목적지인 파란 고원에서 말로 하루 거리에 위치하고 있었는데 생각보다 규모가 굉장히 컸다.

몸에 장착한 구조물을 이용해서 아레오와 아나샤 그리고 노란갈기족의 주술사인 카락, 마지막으로 올바르와 함께 협곡 위를 낮게 비행하는 가온은 정말 협곡 위에 씌워진 거미줄 막을 확인하고 크게 감탄했다.

그리고 그 막 곳곳에는 다양한 곤충은 물론 새의 사체들이 마치 허공에 떠 있는 것처럼 보였는데 투명한 거미줄의 존재를 보지 못하고 거미줄에 걸려 거미들에게 체액이 빨려 죽은 흔적이었다.

투명 거미라는 이름답게 거미줄은 빛의 각도가 변할 때 순간적으로 볼 수 있을 뿐 협곡 아래쪽이 훤히 보일 정도로 투명했다.

"보시다시피 투명 거미의 거미줄은 생각하는 것보다 접착력이 훨씬 더 강력합니다."

울바르가 크게 소리쳐 말했다.

그의 말대로 이 정도라면 마충이 뚫고 나갈 수 없을 것이다.

가온은 방향을 바꾸어 이번에는 협곡 입구 쪽으로 날아갔다.

"협곡이 생각보다 훨씬 더 큰 것 같아요."

협곡의 입구만 한정한다면 폭이 대략 200여 미터에 붉은 사암으로 보이는 양쪽 암벽의 높이는 대략 400미터가 넘을 것 같았다.

또한 협곡 안은 생각보다 햇빛이 잘 들어왔고 건기에도 소량의 물이 흐르다가 우기에는 강으로 변하는 건천이 있어서 그런지 초원의 다른 곳과 달리 나무와 꽃들도 자라고 있었고 꽤 많은 초식동물들이 서식하고 있었다.

특히 지금은 전조 우기가 막 끝난 시기라서 그런지 건천은 큰 개울로 변해 있어서 많은 나무들은 물론 수많은 풀과 허브들이 꽃을 피운 상태라서 더욱 풍요로워 보였다.

'안타깝군.'

비록 초입이지만 신성진이 펼쳐지고 마충들이 들어서면 이 풍요로운 땅은 폐허로 변해 버릴 것이다.

그래도 마충이 사라진다면 초원은 이전보다 더욱 풍요로워질 테니 어쩔 수 없는 희생이다.

"이번에는 마충의 위치를 확인하지."

다시 투명날개가 힘차게 날갯짓을 했고 가온과 함께 마충 정찰을 하기로 한 아나샤와 노란갈기족 주술사 카락은 순간적으로 몸이 중력을 무시하고 날아오르는 기묘한 감각에 찔끔하는 얼굴이 되었다.

마충의 위치를 확인하는 것은 어렵지 않았다. 초원 전체가 한눈에 들어오는 고공으로 올라가니 황갈색의 거대한 구름이 움직이는 모습이 보였다.

마충 무리는 목적지인 파란 고원을 기준으로 북동쪽에서 남하하는 중이었다.

'대체 숫자가 얼마나 많은 거야?'

마충이 만든 황갈색의 짙은 띠 구름의 규모는 어마어마했다.

가온은 아래로 내려가면서 마충의 띠 구름을 자세하게 확인하고 더욱 놀랐다.

띠의 폭은 대략 10킬로미터에 달했고 길이는 100킬로미터에 이를 정도였다.

마충의 밀도가 얼마나 높은지 아래쪽은 전혀 보이지 않아서 짙은 황갈색의 구름이 움직이는 것처럼 보였다.

게다가 마충의 한쪽 끝은 파란 고원과 일직선으로 이어지고 있어서 이대로 남하하게 되면 이주하는 갈기족 행렬과 마주칠 것 같았다.

다행한 것은 란하트랑 협곡이 마충으로 이루어진 거대한 띠의 중앙 부위에 해당해서 거리는 좀 떨어져 있지만 유인하는 것은 그리 어려울 것 같지 않았다.

벼리는 마충의 현재 이동속도와 거리를 수치로 파악해서 이대로라면 마충의 띠가 란하트랑 협곡에 도착하는 것은 대략 일주일 정도 걸릴 거라고 했다.

그렇게 마충 무리를 확인하던 가온은 아나샤의 의념에 황급히 정신을 차렸다.

―온 랑, 숨쉬기가 힘들어요!

아나샤를 살펴보니 얼굴이 하얗게 질려 있었고 숨소리가 거칠었다. 너무 높은 고공으로 올라오는 바람에 공기가 희박해진 것이 원인이다.

가온은 서둘러 아래로 내렸지만 마충 무리 쪽이 아니라 일단 숙영지 쪽으로 향했다.

그런데 하강을 하다 보니 파란 고원 쪽에서 거대한 구름이 피어오르는 것이 보였다.

구름처럼 보였지만 그것은 바로 와이번들이 일제히 날아오르는 모습이었다.

'사냥을 나가려는 거군.'

정말 많긴 했다. 수가 7천 이상은 되어 보였으니 말이다.

그나마 다행인 것은 놈들 대부분이 남쪽이 아니라 북쪽으로 날아간다는 것이다.

물론 그렇다고 해도 5분의 1가량은 다양한 숫자로 무리를 이루어 다른 방향으로 흩어졌다.

나중에 들었는데 가장 많은 무리가 북쪽으로 사냥을 가는 이유가 있었다.

파란 고원에서 초지의 남쪽 경계까지는 북쪽 경계에 비해서 네다섯 배는 더 멀었고 남쪽 초원에는 와이번이 사냥할 만한 대형 동물이 그다지 많지 않았기 때문이다.

숙영지로 복귀하던 길에 잠시 휴식을 취할 때, 가온은 문득 생각나는 것이 있어 노란갈기족 주술사인 카락에게 고개를 돌렸다.

"카락, 파란 고원의 북쪽은 남쪽보다 식생이 풍부한가?"

노란갈기족의 주 활동무대가 현재 마충 무리가 위치한 파란고원의 북동쪽이었다는 소리가 기억이 나서 물은 것이다.

"그렇습니다. 저희 부족이 오랫동안 살아온 초원 북동부는 빗물이 빠르게 빠지는 초원의 다른 곳의 토양과 달리 비교적 오랫동안 빗물을 저장할 수 있기에 많은 나무들이 자랄 수 있습니다. 건기 막바지에는 말라 버리지만 크고 작은 호수들도 많아서 많은 동식물이 사는 곳입니다. 그래서 저희 일족도 갈기족 중에서는 비교적 풍요롭게 살 수 있었습니다."

"그런데?"

"대략 30여 전부터 식생이 변하기 시작했습니다. 많은 동식물이 사라지고 대신 어딘지 이상한 것들이 그 자리를 채웠습니다. 그 당시에는 몰랐지만 그건 마기에 변이된 놈들이었습니다."

그 말에 퍼뜩 떠오르는 것이 있었다.

"설마 그쪽에도 마족 던전과 비슷한 던전이 생긴 건가?"

"그런 것 같습니다. 아니, 그렇습니다. 확실히 던전이 있긴 했습니다."

"제국이나 왕국들이 그 던전은 공략하지 않았던가?"

"네. 하고룽으로 퇴각하기 바로 전에 저희 일족의 가장 용명한 전사들이 마지막으로 우리 부족의 영역을 조사하고 돌아왔는데, 그런 움직임은 없었습니다. 그리고 던전도 발견하긴 했는데 안으로 들어가 보니 아무것도 없었다고 했습니다."

"던전이 텅 비었다고? 그런데 사라지지 않았고?"

"네. 분명히 그렇게 말했습니다."

이건 대체 무슨 일일까? 어나더 문두스의 설정도 그렇고 탄 차원에서도 던전 브레이크가 발생하면 던전을 소멸되었다가 다시 생성되는 것이 일반적이다.

특수한 던전은 한번 소멸하면 다시 생성되지 않기도 하지만 말이다.

"차원석, 아니 던전의 코어는?"

카락도 지금은 던전에 대한 정보를 접했기에 보스와 함께 차원석을 부수어야만 던전이 소멸된다는 사실을 잘 알고 있었다.

"그 당시에 조사를 했던 전사들은 던전의 코어에 대한 내용은 몰랐지만 세밀하게 내부를 조사했다고 했습니다. 그리고 던전이 텅 비어 있다는 사실만 확인했다고 했습니다."

그럴 리가 없다. 그건 가온의 상식에서 한참이나 벗어난 일이었다.

'나중에 따로 조사를 해야겠군.'

지금 당장은 어떻게 할 수 없었다.

"와이번들이 그쪽으로 날아가는 것 같던데 그 이유를 알고 있나?"

"네. 저희 일족이 살아왔던 땅은 상시 초목이 푸르게 자라는 곳이기 때문에 초원의 다른 지역에는 거의 없는 들소와 거대 사슴이 번성했습니다. 그 두 동물에게도 변이가 발생했는데 몸집이 두세 배가 더 커지고 뿔들은 강철에 버금갈 정도로 단단해졌습니다. 때문에 초원에 서식하는 혼울프조차도 두 무리를 공격하다가 죽는 경우가 허다하다고 합니다. 아마 와이번들은 그 두 변이 동물을 사냥하는 것으로 보입니다."

무척 가능성이 높은 추측이다. 와이번의 거대한 덩치를 생각하면 변이한 들소나 거대 사슴을 사냥하는 편을 선호할 테니 말이다.

물론 그렇다고 매번 그놈들을 사냥하는 것은 아니고 기존의 먹잇감이었던 인간이나 인간이 키우는 가축 그리고 늑대를 사냥하기 위해 일부는 초원의 다른 방향으로 사냥을 나가는 것이리라.

숙영지로 복귀한 가온은 마충을 상대할 인원을 선발했다.

아레오와 아나샤는 반드시 포함되어야 했고 헤르나인을 비롯한 스노족 결계술사 다섯 명과 모라이족 전사 다섯 명이 포함되었다. 그리고 그들을 호위할 단장급 전사 10명도 합류했다.

가온은 몇 번이나 란하트랑 협곡까지 왕복을 하면서 사람들을 이동시켰다. 귀찮고 힘들기는 했지만 말로 꼬박 하루를 달려야 하는 거리였고 한 번에 네 명씩만 이동할 수 있어 어쩔 수 없었다.

그렇게 먼저 이동한 사람들은 간단한 숙영지를 마련했고 나중에 도착한 이들과 힘을 합쳐 협곡 입구에 홀리필드진을 설치할 준비를 하기 시작했다.

협곡의 입구와 안쪽에 자라는 나무와 풀을 정리한 후 바닥을 내린 후 평탄하게 다지는 일은 갈기족 전사들과 아레오가 맡았다.

다음은 홀리필드진을 설치하는 것인데 핵심적인 역할을 할 성물은 충분했다.

가온이 틈틈이 신성력을 채워 둔 마나 저장구 300개를 아나샤에게 넘겨주었다.

홀리필드진을 설치하는 데 마나 저장구 다섯 개가 필요하기 때문에 무려 60번이나 사용할 수 있는 양이었다.

아나샤와 스노족 결계술사들은 다양한 도구를 이용해서 협곡의 벽을 포함해서 입구 전체를 아우르는 홀리필드진을 설치했고, 모라이족 전사들은 진의 코어 위치와 가까운 협곡 벽에 총 다섯 개의 굴을 뚫었다. 그리고 나머지 전사들은 혹시 모르는 상황에 대비해서 협곡 주위와 안쪽을 매의 눈으로 감시했다.

그렇게 사람들이 열심히 각자 할 일을 하기 시작했을 때 가온도 자신의 일을 하기 위해서 출발했다.

'어떻게 유인해야 할까?'

일단 마수와 몬스터의 사체를 사용할 생각인데 마충이 비행이 가능한 만큼 마기를 방출하는 방식으로 유인할 생각이다.

문제는 그게 통한다고 해도 무리 전체를 유인할 수 있느냐 하는 것이다. 일부만 자신을 추격하고 나머지는 다른 방향으로 움직인다면 기껏 마련한 작전도 소용이 없었기 때문이다.

'마기 방출이 먹혀야 할 텐데.'

걱정은 되지만 당장 쓸 수 있는 대책은 그것이 전부이니 어쩔 수 없었다.

마충을 유인하기 위해서 비행한 지 3시간이 지났다.
곧 마충의 띠 구름과 만나게 될 테니 그 전에 휴식을 해야 했다.
가온은 비교적 높아서 주위를 훑어볼 수 있는 한 언덕 위에 착륙했다.
'늦었지만 점심이나 먹자.'
혼자만의 식사이니 가볍게 빵 사이에 훈제한 사슴고기를 넣어서 물과 함께 먹기로 했다.
그렇게 식사를 하면서 주위를 이곳저곳 쳐다보던 가온의 눈이 어느 순간 한곳에 고정되었다.
'저게 들소라고?'
수백 마리의 들소 무리가 와이번 다섯 마리에게 쫓겨 그가 있는 언덕 쪽으로 달려오고 있었는데 가온은 먼 거리에서도 들소들이 엄청난 덩치를 가지고 있음을 확인하고 있었다.
'와이번이라고 해도 잡아채서 다시 날아오르는 것은 쉽지 않을 것 같은걸.'
원래의 들소도 몸집이 큰 편이지만 와이번에게 쫓기는 들소의 경우 두세 배는 더 큰 것 같았다.
그런데 자세히 보니 들소들이 무작정 와이번에게서 도망

치는 것만은 아니었다. 수컷들을 중심으로 와이번이 거의 지면까지 내려왔을 때 위를 향해 도약을 하며 뿔 공격을 감행하기도 했는데, 놀랍게도 와이번은 화들짝 놀라며 다시 하늘로 날아올랐다.

'확실히 변이했네.'

일반적인 들소의 뿔이 아니었다. 악마의 그것처럼 구부러지고 끝이 날카로운 뿔은 마나가 주입된 것처럼 빛나고 있었다.

그렇게 들소 무리와 와이번들이 싸우는 모습을 살펴보던 가온은 와이번의 목표가 들소 성체가 아니라 새끼들임을 알 수 있었다.

새끼 들소라고 해도 달리 변이 마수가 아닌 듯 다 자란 들소만큼 컸는데 암컷들의 보호를 받고 있었다.

암컷들은 와이번의 부리나 발톱을 두려워하지 않고 수컷들처럼 높이 도약할 능력은 없었지만 빛나는 뿔로 새끼를 낚아채려고 내려오는 와이번을 향해 돌진하곤 했다.

하지만 와이번들은 최상위 비행 마수답게 성체 들소들의 주의를 다른 곳으로 끄는 동안 두 마리가 곤두박질치듯 내려와서 새끼들을 발톱으로 채어 날아올랐다.

그러고는 더 사냥을 할지 아니면 두 마리로 만족해야 할지 고민하는 듯 선회 비행을 했다.

'가만!'

와이번도 그렇고 변이 들소도 그렇고 마수에 속하는 놈들이다.

마충들이 지능이 높을 리는 없지만 오크나 고블린처럼 생소한 먹이보다는 익숙한 먹이라야 쉽게 유인할 수 있을 것 같았다.

가온은 곧바로 전용 아공간을 개방해서 플라위스 무리를 소환했다. 비 때문에 아공간에 넣어 두었었다.

'레드와 핑크는 와이번들을 첫 번째 방식으로, 나머지는 들소들을 두 번째 방식으로 사냥해!'

플라위스들이 일제히 하늘로 날아올라 무서운 속도로 와이번과 변이 들소들을 향해 날아갔다.

가장 먼저 와이번 다섯 마리가 레드와 놈의 암컷인 핑크의 화염 브레스에 적중되어 비명을 지르며 추락사했다. 나머지 세 마리도 같은 운명을 맞이했다. 플라위스의 가장 위력적인 무기는 바로 화염 브레스 공격이었다.

다음은 변이한 들소들이었는데 플라위스들은 놈들의 뿔 공격 정도는 신경도 쓰지 않았고 길고 날카로운 발톱으로 몸통을 잡아채서 높이 올라간 후 아래로 떨어뜨리는 방식으로 사냥했다.

아무리 마기로 인해 몸집이 커지고 마기를 이용한 공격이 가능해졌다고 해도 들소는 들소였다.

결국 변이 들소 300여 마리는 순식간에 추락의 충격으로 뼈가 부서지고 심장을 포함한 내장이 제자리를 이탈하는 바람에 모두 죽고 말았다.

가온은 일단 플라위스들에게 갈기족이 이동하는 곳으로 보내며 와이번을 포함한 마수가 접근하면 모조리 사냥하라고 명령을 내렸다.

그렇게 플라위스들을 떠나보낸 가온은 죽은 변이 들소를 모두 구울로 제련했다. 굳이 마정석을 적출하지 않고 흑마력을 사용했기에 놈들의 몸에서는 순수한 흑마력이 강하게 방출되고 있었다.

변이 들소로 제련한 구울들은 이전보다 훨씬 더 빠르게 이동할 수 있어 마충을 유인하는 데 사용할 생각이다.

마충 사냥

웅웅웅웅!

마충 무리가 가까워지자 날갯짓 소리가 가장 먼저 들려왔다.

'엄청나네!'

마치 황무지에서 먼지바람이 부는 것처럼 아래쪽이 온통 황갈색 혹은 암갈색으로 가득했다.

'대체 몇 마리나 될까?'

마충이 메뚜기보다 서너 배 이상 큰 몸집을 가지고 있다는 점을 고려해도 최소한 수억, 아니 수십억 마리는 될 것 같았는데 무리를 이루고 있어서 그런지 꽤 거리를 두고 있음에도 엄청난 마기가 느껴졌다. 역시 마충이라는 이름에 어울렸다.

'현재 내가 날고 있는 고도가 지상에서 300미터 정도 되는데, 마충이 이렇게 높이 날다니 대단하네.'

황충, 즉 메뚜기도 바람을 타고 높이 날아오르기는 하지만 이놈들의 경우에는 날갯짓에 강한 힘이 실렸고 황충보다 훨씬 더 오래 날갯짓을 할 수 있는 능력이 있었다.

가온은 마충 무리가 만들어 낸 거대한 구름을 지나 계속 날아갔는데 거리가 무려 15킬로미터에 달했다.

처음에는 한 무리로 봤는데 자세히 살펴보니 수천여 개로 나뉘어 있었다.

'유인을 해서 사냥하려면 어떻게든 분리를 해야 하는데 잘됐네.'

마침내 마충 무리의 끝부분을 지나쳤을 때 눈에 들어온 대지의 모습은 의외로 드문드문 풀이 남아 있었다. 뤼나웜이 지나간 땅과는 달랐다.

가온은 남아 있는 풀들이 마충이 싫어하는 종류일 거라고 생각했다.

'이 상태로 더 번식을 하면 뤼나웜보다 훨씬 더 위험하겠네.'

뤼나웜처럼 1년 내내 움직이는 것은 아니지만 워낙 번식률이 높아서 매번 우기가 끝날 때마다 이전의 수십 배로 무리가 커진다는 점을 고려하면 너무 위험했다.

현재 무리만 해도 지나간 곳은 곳곳에 풀들이 남아 있기는 하지만 황폐해져 변해 버렸으니 말이다.

가온은 무리에서 뒤처진 마충 중 한 마리를 염력을 끌어당겨 손안에 넣었다.

그런데 순간 손바닥에서 생각지 않은 감각이 느껴졌다. 마충이 손바닥을 물어뜯은 것이다.

물론 그래 봐야 외피부를 이루고 있는 파르 덕분에 가온의 손바닥은 무사했지만 손가락 사이로 잡아 살펴본 마충의 모습은 무척 흉악했다.

'호오! 크기도 일반 메뚜기의 두세 배는 될 것 같고 특히 이빨이 엄청나게 날카롭네.'

이런 이빨이라면 어지간한 뼈에도 흠집을 낼 수 있을 것 같았다.

'벼리야, 마충의 몸을 한번 조사해 봐.'

얼마 후 벼리와 파넬의 의념이 연달아 전해졌다.

─뤼나웜처럼 미세 마정석을 가지고 있는 마물이 맞아요.

─몸집과 비교하면 미세 마정석의 숫자는 적지만 질은 더 좋은 것 같습니다.

들었던 것과 달리 미세 마정석의 질이 좋다니 욕심이 났다.

아무튼 마충은 뤼나웜과 비슷한 것 같았다. 가온은 자신이 받은 의뢰가 이 마충들까지 박멸해야만 끝날 거라는 사실을 깨달았다.

가온은 여전히 하늘을 날고 있는 상태로 갓상점에 접속해서 마충을 넘겼다. 그리고 확인해 보니 놀랍게도 마충의 등급은 9.99였고 갓상점에서 주는 보상은 0.01포인트였다.

'마리당 포인트는 적지만 수가 많으니 짭짤하겠네.'

확인해 본 갓상점의 보상은 아주 확실한 동기부여가 되었다. 100만 마리만 잡아서 넘겨도 무려 1만 포인트를 얻을 수 있었다.

'몇 가지만 더 확인해 보자.'

가온은 더 뒤쪽으로 날아갔는데 예상한 대로 뒤처진 놈들이 꽤 많았다.

다른 마충과 싸웠거나 혹은 먹이활동을 하는 과정에서 다쳤는지 날개가 손상되었거나 다리가 떨어져 나간 놈들과 지쳐서 죽을 때만 기다리는 놈들이었다.

더 뒤쪽으로 가니 생각보다 꽤 많은 풀들이 남아 있어 그쪽에 착륙했다. 어떤 풀을 싫어하는지 확인하고 이용할 수 있으면 이용할 생각이었다.

그런데 풀이 있는 곳이 아니라 마충이 모든 것을 먹어 치워 황무지가 되어 버린 흙을 밟는 순간 연노란색의 작은 알갱이들이 보였다.

'마충의 알인가?'

크기는 밥알의 네 배 정도 되는데 길쭉한 타원형이었다.

'그럼 군데군데 풀을 남겨둔 것은 부화한 후에 유충들이

먹을 식량이네.'

카릭의 말로는 마충이 지나간 곳은 아무것도 남지 않는다
고 했는데 그건 아니었다. 닥치는 대로 먹어 치우는 황충과
는 달랐다. 높지는 않지만 어느 정도 지능도 있었다.

'골치 아프네.'

이렇게 되면 마충뿐 아니라 알까지 모조리 처리를 해야만
했다. 알 상태로도 마기가 느껴지는 것을 보니 아무래도 추
가 보상을 덜 받더라고 카우마를 소환해서 알들을 모두 처리
해야만 할 것 같았다.

그때 벼리의 의념이 전해졌다.

―오빠, 알이 크기에 비해서 굉장히 농후한 마나를 품고
있어요!

'마나를?'

―네. 수치로 환산하면 대략 200 정도인데 굉장히 순수한
편이고 안정적이라서 섭취하는 것만으로도 마나의 양을 늘
릴 수 있어요.

'그럼 알의 경우에는 마기가 없는 거야?'

―그건 아니에요. 알의 껍질에 함유되어 있어요.

벼리의 말에 호기심이 동한 가온은 알 하나를 잡아서 마나
를 주입하는 방식으로 살펴봤는데 과연 벼리의 말이 맞았다.

'껍질의 마기만 제거하면 영약이네.'

―맞습니다. 연구를 더 해 봐야 알겠지만 적당히 열을 가

해서 삶거나 튀겨서 먹으면 될 것 같습니다. 열을 가하면 껍질에 들어 있는 마기는 날아가겠지만 두꺼운 껍질 덕분에 내부의 마나는 밖으로 새어 나가지 않을 것 같습니다.

가온은 파넬의 의념에 바로 알에 열기를 가해 보았다. 그리고 심안을 발동해서 변화를 살펴봤다.

'호오! 정말 열을 가하니 껍질에 있는 마기는 날아가고 내부의 마나는 그대로 남았어.'

입에 넣고 씹어 보니 터지는 감각과 함께 뜻밖에도 고소한 맛이 났다.

'마충도 뤼나웜처럼 가치가 높은 부산물을 가지고 있네.'

먹기도 좋고 마나까지 늘어나는 영약을 또 하나 발견한 것이다.

혹시나 해서 마충을 다양하게 살펴봤는데 미세 마정석을 제외하고는 쓸데가 없었다.

무엇보다 뤼나웜의 미세 마정석은 바로 에너지원으로 사용해도 되지만, 마충의 그것은 마기가 섞여 있어서 그대로는 사용할 수가 없었다.

가온은 오랜만에 앙헬과 모둔을 제외한 정령들을 모두 소환했다.

'너희들은 이제부터 마충의 사체와 마충의 알을 챙기도록 해. 가장 많이 챙겨 온 순서대로 이번에 받아 온 세계수의 눈물을 줄 테니까.'

실제 세계수의 눈물이 아니라 세계수의 이슬이 정확한 이름이지만 엘프들은 이슬을 눈물로 표현했다.

오랜만에 밖에 나와서 그런지 들뜬 얼굴을 하고 있는 앙헬과 정령들은 마치 보물찾기를 하듯 흥분한 모습으로 사방으로 흩어졌다.

'이 정도라면 추가 보상에 크게 영향이 없겠지.'

그렇게 이동 중 죽은 마충의 사체와 알 문제를 처리한 가온은 본격적으로 마충을 유인하는 임무를 수행하기 위해 움직였다.

마충을 유인하는 것은 의외로 쉬웠다. 마충 무리가 향하는 전방으로 날아가서 마기를 넓게 방출하는 것만으로도 놈들이 미친 듯이 달려들었다.

'어디 한번 시험해 보자!'

"체인 라이트닝!"

전격 마법을 사용하자 순식간에 마충 수천 마리가 시커멓게 타 버렸지만, 표도 나지 않았다. 워낙 많은 마충이 몰려들었다.

게다가 지성이 높은 존재였다면 주춤거리기라도 할 텐데 동족이 죽는 것은 전혀 신경 쓰지 않고 날개를 비비대면서 가온을 향해 날아왔다.

하지만 가온은 굳이 마충을 같은 방식으로 사냥하지 않았다.

"소환!"

변이 들소로 제련한 구울 300여 마리가 지상에 나타나더니 강렬한 흑마력을 방출했다.

마기보다 훨씬 더 순수하고 농후한 흑마력을 감지한 마충들의 주의가 순식간에 구울들에게 쏠렸다.

'달려!'

구울들이 가온의 명령에 남쪽으로 달리기 시작하자 마충의 띠 중 한 부분이 전체에서 이탈해서 구울들을 쫓기 시작했다.

전체에 비하면 아주 작은 부분이기는 했지만 족히 수백만 마리는 될 것 같은 마충 무리는 농후한 흑마력에 홀려 풀이나 나무 혹은 설치류의 존재에 전혀 신경도 쓰지 않고 오직 구울들을 쫓아서 날았다.

가온은 마충 무리 전체가 함께 쫓기를 바랐지만 흑마력을 감지하지 못한 놈들은 아무런 관심도 보이지 않고 지상의 풀과 설치류, 혹은 곤충과 작은 동물들을 잡아먹는 데만 관심을 쏟았다.

거대한 마충 무리에서 떨어져 나온 한 무리의 마충 떼는 들소 구울이 달리는 속도를 전혀 따라잡지 못했다.

그래서 높은 상공에서 날고 있는 가온은 놈들이 계속 쫓아오도록 구울의 속도를 계속해서 조절해야만 했다.

마충들은 힘이 빠지면 아래로 내려가서 풀은 물론 동물들까지 잡아먹어 힘을 보충하고 다시 들소 구울들을 쫓았다.

'앞으로 이런 식으로 분리해서 유인하면 되겠네.'

그렇게 마충을 유인하다 보니 문제도 생겼다.

란하르탕 협곡까지 가는 길에는 예전에 마충이 쓸고 가서 그런 것인지 다른 이유에서인지는 모르지만 동물은 물론 풀조차 찾아보기 힘든 황무지 구간도 있었다.

가온은 그런 곳이 나오면 그동안 챙겨 둔 고블린이며 오크 등의 사체를 곳곳에 뿌려서 놈들이 이탈하지 않도록 돕기까지 했다. 물론 마정석을 적출하지 않는 놈들이었다.

들소 구울들이 전력으로 달리면 란하르탕 협곡까지 서너 시간이면 도착할 수 있지만 마충들은 그 정도 속도를 내지 못했다.

수시로 아래로 내려가서 교대로 배를 채우는 것이다.

가온이 종종 흑마력을 방출하지 않았다면 놈들은 들소 구울을 끝까지 쫓아오지 않았을 것이다.

아무튼 가온의 그런 노력 덕분에 수백만 마리에 달하는 마충 무리는 10시간이 지난 오후 늦은 시간에 란하트랑 협곡에 도착했다.

협곡에 도착한 가온은 대기하고 있던 일행에게 의념을 보내고 들소 구울들을 아공간에 집어넣었다. 그리고 입구에서

멈춰 서서 마기를 방출했다. 당연히 마충들이 그의 몸에 달라붙었다.

그러자 가온의 몸은 순식간에 달라붙은 마충들로 인해서 형체를 알아보기 힘든 황갈색의 석상처럼 변해 버렸다.

물론 가온도 생각한 바가 있어서 그렇게 행동한 것이다.

'마충이 아무리 많이 달라붙어서 날 잡아먹으려고 해도 파르의 방호력을 넘을 수는 없지.'

그렇게 마충들을 유인한 가온이 마충들로 뒤덮였을 때 돌연 협곡 안쪽에서 또 다른 마기가 방출되었다. 미리 협곡의 양쪽 암벽 안에 들어가 있던 대원들이 진 안쪽으로 던진 마정석들이 그 출처였다.

쓰쓰쓰!

가온에게 몰려들었던 마충 일부가 마기에 홀려 협곡 안쪽으로 들어갔고 서로를 밀치고 물어뜯으면서 마정석을 갉아 먹느라 난리가 났다.

바닥에 떨어진 마정석은 하급이기는 해도 100여 개가 되니 엄청난 수의 마충들이 몰려들어 그 주위 영역은 보이지도 않을 정도가 되어 버렸다.

그때 마나장으로 몸을 보호한 대원들이 은신처에서 번개처럼 튀어나오더니 미리 파 둔 코어 위치에 성물이나 신성력이 주입된 마나 저장구를 단단히 고정시켰고, 아나샤가 신성력을 주입해서 활성화를 시켰다.

지이이잉!

황갈색으로 가득했던 협곡 내부의 일정 공간이 순간적으로 새하얀 백광으로 가득 찼고 신성력과 접한 마충들은 극심한 혼란에 빠져 날갯짓 소리가 엄청나게 커졌다.

그사이에 홀리필드진을 발동시킨 전사들은 빠르게 검을 휘둘러 달려드는 마충을 물러나게 한 후 다시 은신처로 돌아갔다.

마충 일부는 농후한 신성력을 접하자 곧바로 힘을 잃고 바닥으로 떨어졌지만 대부분은 본능적으로 위험을 감지하고 거세게 날갯짓을 하며 영역을 벗어나려고 안간힘을 썼지만 신성력 때문에 제대로 힘을 쓰지는 못하고 있었다.

그때 새하얀 백광이 순간 청백색 뇌전으로 변하며 사방으로 퍼져 나갔다.

바닥에 고인 물과 벽을 가득 채운 이슬로 인해서 청백색 뇌전은 쉽게 사라지지 않고 한동안 유지되며 일정 영역을 가득 채웠다.

전격이 사라지기 시작했을 때 협곡 입구에서도 변화가 일어났다.

"프리즈!"

가온이 심상 마법을 발현한 것이다.

쩌저저저정!

그를 중심으로 전방 180도의 방위에 100여 미터에 달하는 공간이 순간적으로 얼어버렸다.

후두두두두.

수없이 많은 마충이 바닥으로 떨어졌다. 그 많은 마충이 모조리 하얗게 얼어붙은 것이다.

'모둔이 마충 사체를 좀 챙겨 줘.'

모둔은 마충이 발산하는 마기를 흡수하기 위해서 가온 곁에 남아 있었다.

—알겠어요.

다른 정령들은 아까 소환했던 곳을 중심으로 범위를 넓혀 가면서 사체와 알을 찾아서 챙기느라 아직도 돌아오지 않았다.

그만큼 많기도 했지만 가온의 마충 박멸에 대한 의지가 그만큼 강했다.

홀리필드진과 자신의 몸으로 유인해서 한 번에 처리한 마충의 숫자는 대략 10여만 마리에 달했다.

다른 사람들은 이렇게 많은 마충을 처리한 사실에 크게 기뻐했지만 가온은 시큰둥했다.

'대체 이 짓을 얼마나 해야 하는 걸까?'

뤼나웜 때도 그랬지만 가온에게는 끝없이 반복되는 단순작업일 뿐이다.

그래도 미세 마정석과 명예 포인트라는 귀중한 전리품이 있기에 억지로나마 할 수 있었다.

가온이 다시 마기를 방출하자 근처를 가득 채웠던 마충들
이 그를 향해 몰려들었다.

꿟꿟꿟

홀리필드진으로 마충을 처치하는 것은 61번이 한계였다.
가온이 준 마나 저장구의 숫자도 그렇지만 진을 운용하는 아
나샤와 보조 역할을 하는 다른 대원들도 지친 것이다.

그래도 첫날의 사냥 실적은 엄청났다. 홀리필드진을 이용
해서 대략 300만 마리를 감전사시켰고 프리즈 심상 마법으
로 그 배가 넘는 700만 마리 정도를 동사시켰다.

동사시킨 놈들을 갓상점에 넘겼더니 무려 7만 포인트나
얻을 수 있었다.

'이거 완전히 꿀이네!'

사냥을 끝낸 가온의 얼굴은 무척 밝았다. 전격으로 처리한
놈들은 거의 타 버려서 미세 마정석밖에는 못 건졌지만, 프
리즈 마법으로 죽인 놈들은 갓상점에 넘겨서 엄청난 포인트
를 얻을 수 있었다.

'뮈나웜처럼 사람들을 유인할 요소는 없지만 그래서 더 짭
짤하겠어.'

거기에 추가 보상의 손해를 감수하고 소환한 정령들이 드
넓은 지역을 돌아다니면서 챙겨 온 알들과 사체까지 생각하

면 성과가 엄청났다.

하지만 문제는 마충의 숫자였다. 최소 억 단위는 확실한데 그 숫자를 도저히 짐작할 수 없었다.

'이대로라면 마충을 박멸하는 데 얼마나 오랜 시간이 걸릴지 알 수 없어.'

한 번에 좀 더 많은 마충을 처리할 수 있는 방법이 필요했다.

'가만! 아나샤 일행은 지쳤지만 나는 아직도 멀쩡하잖아.'

생각해 보니 굳이 이곳으로 유인해서 처리할 필요조차 없었다.

오늘 확인해 본 결과 마충들은 마기에 사족을 못 쓴다.

동료들이 수십 겹이나 걸쳐 자신의 몸에 붙어 있음에도 계속해서 달라붙었다.

그렇다면 비행하는 상태에서도 얼마든지 처리할 수 있었다.

곤충이 변이한 것답게 지능이라는 것이 거의 없으니 동료들이 아무리 죽어 나가도 마기에 홀려 모여들 테니 말이다.

가온은 한참 고민한 끝에 내일은 다른 방식으로 사냥을 해 보기로 했다.

다음 날 아침 일찍 협곡의 숙영지를 나선 가온은 3시간 만에 어제와 비슷한 규모의 마충 떼를 유인해서 돌아왔다.

그 후로는 전날과 같은 방식의 사냥이 이어졌다.

가온은 마기 방출과 프리즈 마법으로, 나머지 일행은 새벽에 가온이 신성력을 주입해 둔 마나 저장구를 활용한 홀리필드진으로 마충을 처리했다.

어제와 달리 오늘은 손발이 잘 맞아서 그런지 정오가 넘자 마충의 태반은 처리가 되었고 마침 마나 저장구가 모두 소진되었다.

가온이 남은 마충을 모두 처리하자 사람들이 놀란 얼굴로 다가왔다.

"온 랑, 대체 어떻게 마충을 처리한 거예요?"

아나샤가 놀란 얼굴로 물었다. 놀란 것은 그녀만이 아니었다.

아나샤를 도와서 마충을 처리하던 이들 모두 경악한 얼굴이었다.

사람들은 몸에 달라붙은 마충들은 물론 일정 반경 안에 있는 수많은 마충을 순간적으로 얼려서 죽이는 가온의 모습을 처음 봤다.

어제는 미리 파 둔 협곡 내의 아지트에 머무르면서 홀리필드진의 운용에만 신경을 썼기에 가온이 마충을 유인하는 역할을 했다고만 생각했을 뿐 혼자 엄청난 마충을 처리하는 모습을 처음 본 것이다.

"마법인 것 같기도 하고 아닌 것 같기도 하고 신기하네요."

역시 아레오는 마법사답게 가온이 마법을 펼쳤음을 의심했지만 나머지는 마법이 아니라고 생각했다.

"마법이나 결계를 이용한 것은 분명히 아니었는데 대체 어떻게 하신 거예요?"

스노족 결계술사들을 대표하는 헤르나인이 물었다. 마법이나 결계술을 사용하면 마나의 유동이 반드시 뒤따르니 그것은 분명히 아니었다.

가온은 순간적으로 망설였다가 진실을 밝히지 않기로 했다.

자신에게 우호적인 사람들만 있었지만 굳이 알 필요가 없는 사람들에게 자신의 심상 마법을 공개하기는 싫었다.

"빙정이라는 것이 있어. 순간적으로 일정 공간을 얼려 버리는 엄청난 효과가 있지. 마정석으로 마충을 유인한 후 빙정을 꺼내서 처리한 거야. 물론 그 짧은 순간에는 몸을 보호하기 위해서 마나를 최대한으로 끌어내어 마나장을 만들어야만 해."

"아! 그것도 갓상점에서 구입했겠군요."

아나샤가 비로소 알았다는 얼굴로 반응했다.

"맞아. 한 던전을 클리어한 보상으로 받은 포인트를 모두 투자해야 구입할 수 있는 귀물이야."

순간 그렇게 말한 가온은 갓상점에 정말 그런 아이템이 있다는 사실은 짐작하지 못했다.

"정말 갓상점이라는 초월적인 상점이 있었군요. 우리 스노족도 던전을 클리어하는 데 일조하면 갓상점에 대한 접속 권한과 명예 포인트를 받을 수 있을까요?"

헤르나인이 부러운 얼굴로 물었다.

"스노족은 외부자가 아니라 내부자이기 때문에 그건 장담할 수 없어. 만약 못 얻는다고 해도 실망할 필요는 없어. 우리가 가려는 곳에도 거대한 던전이 있으니까 얼마든지 기회는 있어."

"알겠어요. 부디 저희 일족에게도 그런 행운이 있기를 바랄게요."

희망의 끈을 놓지 못하며 그렇게 말하는 헤르나인과 스노족 결계술사들은 실망의 기색을 숨기지 못했다.

늦은 점심 식사를 한 후 가온은 일행에게 휴식하라고 지시한 후 홀로 협곡 앞 숙영지를 나섰다.

아레오와 아나샤가 대동하길 원했지만 빙정의 위험성을 언급하며 만류했다.

그렇게 비행을 시작한 지 30분 정도가 지나자 거대한 황갈색 구름이 보였다.

가온은 그 구름을 뚫고 지상으로 내려갔는데 수많은 마충이 그의 살을 뜯어 먹으려고 달려들었고 바닥에 내렸을 때는 투명날개조차 위험할 정도로 엄청난 숫자가 붙어 있었다.

'아이템까지 먹어 치울 정도인지는 몰랐네.'

가온은 서둘러 투명날개를 탈착해서 아공간에 넣었다. 조금 더 방치한다면 기능에 문제가 생길 정도였다.

"자, 와라!"

마기를 방출하자 더 많은 마충들이 달려들었고 가온의 몸 주위 수백 미터는 마기에 이끌린 마충들로 인해서 가득 차 버릴 정도였다.

"프리즈!"

가온의 입에서 주문이 터져 나오는 순간 그를 중심으로 반경 100여 미터의 공간이 새하얗게 변해 버렸다.

공기의 수분까지 순간적으로 얼어 버린 것이다.

후두두두.

틈 하나 없이 빼곡하게 마충으로 채워졌던 공간이 순간적으로 비어 버렸다. 그 많은 마충이 얼어 죽어 바닥으로 떨어진 것이다.

모둔이 마기를 흡수하는 한편 얼어 죽은 마충을 아공간에 챙기는 짧은 시간에 비었던 공간은 바로 마충들로 다시 채워졌다.

"프리즈!"

또다시 새하얗게 변하며 하얗게 얼어 죽은 마충들이 바닥에 쌓였다.

그렇게 가온은 마기로 마충을 유인하고 프리즈 마법으로 마충들을 얼려 죽이는 일을 거의 3시간에 걸쳐서 반복했다.

'징그러운 놈들!'

반복되는 단순한 사냥 방식에 지친 가온은 마기 방출을 멈추고 투명날개를 장착한 후 최대 속도로 마충 구름을 빠져나갔지만 그의 얼굴은 무척이나 밝았다.

하늘 높이 날아 올라가서 내려다보니 마충 구름의 한 곳은 색이 옅어져 있었다. 그가 마충을 처리한 구역이었다.

'모둔, 얼마나 잡은 거지?'

-저도 중간에 세다가 포기했는데 대충 3천만 마리 정도는 될 것 같아요.

대답을 들은 가온은 깜짝 놀랐다. 일행과 함께 사냥한 마충의 숫자가 합해서 1천만 마리인데 자신 혼자 그 세 배를 사냥했다니 믿기기 힘들었다.

가온은 이번에 사냥한 것은 갓상점에 넘기지 않고 자신이 따로 챙기기로 했다.

'모둔, 미세 마정석만 따로 추출할 수 있겠어?'

-카우마를 붙여 주시면 얼마 걸리지 않을 거예요.

적당한 열기로 사체를 태워 버리면 미세 마정석만 남는다. 그런 방식으로 처리하려는 모양이다.

'그럼 그렇게 해 줘.'

이게 끝이 아니다.

'마무리는 해야지.'

가온은 나머지 정령들을 소환해서 어제 했던 알 찾기 놀이를 지시했다. 물론 보상은 어제와 마찬가지여서 정령들은 일제히 환호성을 지르며 지상으로 날아갔다.

거기에 배제된 모둔도 아쉬운 얼굴을 했다. 그만큼 세계수의 눈물은 정령들에게 굉장히 가치가 높았다.

'너무 부러워하지 마. 모둔에게도 줄 테니까.'

가온의 그 말에 모둔이 미소를 지으며 자신의 일에 집중했다.

'하루에 5천만 마리만 사냥하자.'

그렇게 되면 마충의 숫자가 10억 마리면 20일, 100억 마리라고 해도 200일이면 끝장낼 수 있었다.

'아니지. 본격적인 우기가 곧 닥칠 것을 고려하면 더 많이 사냥해야 해.'

간헐적 우기를 맞아 성체가 된 마충은 그 후 대략 한 달 후에 시작되는 우기 전에 알을 낳고 죽는다. 그러니 본격적인 우기가 닥치기 전에 놈들을 박멸해야만 했다.

'설마 100억 마리는 안 되겠지?'

도저히 마충의 숫자가 가늠이 되질 않으니 추측하는 것이 별 의미가 없었다.

그래도 100억 마리가 넘었으면 좋겠다. 그럼 무려 1억 포인트를 확보할 수 있을 것이다.

다만 우기 전에 모두 처리를 해야만 했다. 정령들이 놈들이 지나온 길을 역추적해 가면서 알을 수거하고 있고 계속 이어질 테니 우기가 끝나고 마충이 다시 창궐하는 경우는 없을 테니 말이다.

마충 사냥을 시작한 지 벌써 닷새가 지났다.

가온 일행이 사냥하는 마충의 숫자는 하루가 다르게 늘어났다.

홀리필드진을 이용한 사냥의 결과는 크게 늘어나지 않았지만 가온이 사냥하는 결과가 달라진 것이다.

'이제 나 혼자 하루에 5천만 마리 이상을 얼려 죽일 수 있게 되었어. 프리즈 마법의 레벨도 세 단계나 올랐고.'

얼마나 많이 펼쳤는지 던전도 아닌데 숙련도가 빠르게 올라갔던 것이다. 물론 그가 보유한 칭호와 특성의 효과가 작용하기도 했지만 그만큼 동일한 마법을 수없이 펼친 결과였다.

대원들이 홀리필드진을 이용해서 사냥하는 숫자는 대략 500만 마리로 포인트는 벌 수 없었지만 대신 미세 마정석은 엄청나게 확보할 수 있었다.

'얼마나 남았지?'

고공으로 날아 올라가서 확인해 보니 이제 마충이 형성한 구름의 크기는 조금은 작아졌고 이동속도도 떨어졌다.

선두에서 이끌던 마충들이 차례로 가온 일행에게 사냥당한 결과였다.

'그래도 남은 마충이 대략 70억 마리나 되네.'

닷새 동안 사냥한 마충의 숫자가 대략 3억 마리 정도였다.

나날이 사냥 실적이 늘어난다는 점을 고려하면 최대 100일 정도면 나머지 마충도 정리할 수 있었지만, 가온의 굳은 얼굴은 펴지지 않았다.

'우기까지는 불과 보름 정도밖에 안 남았어.'

본격적인 우기가 닥치기 전에 놈들이 알을 낳고 죽을 것이다.

만약 갓상점 측과 특별한 계약을 하지 않았다면 죽은 놈들을 수거해서 경매에 붙이는 방식으로 명예 포인트를 얻을 수 있지만, 가온은 사냥을 해야만 명예 포인트를 얻을 수 있었다.

무엇보다 지금 갈기족은 파란 고원과 열흘 거리까지 도달한 상태다.

즉 7천이 넘는 와이번도 처리를 해야 우기가 닥치기 전에 갈기족이 고원에 자리를 잡을 수 있었다.

'사냥 실적을 더 높일 새로운 방법을 찾아야 해!'

마음이 급했다.

'다들 방법을 찾지 못한 모양이네.'

벼리와 파넬 그리고 알테어에게도 알아보라고 부탁을 해

두었는데 아무런 소식도 없어 더욱 초조했다.

그런데 마치 이 순간을 기다리기라도 한 듯 셋의 의념이 동시에 전해졌다.

선와술 旋渦術

－찾았어요, 오빠!

－드디어 찾았습니다!

－찾았습니다!

동시에 들어오는 의념을 보니 이번에도 함께 연구를 한 모양이다.

'어떤 방법이지? 벼리가 말해 봐.'

셋이 동시에 의념을 보내니 머리가 복잡했다.

－다양한 방법을 모색하다가 갓상점에서 해답을 구하기로 하고 저희 셋이 찾아봤거든요.

'그래서?'

－영력을 사용하는 특수한 스킬이 하나 있어요. 선와술

(旋渦術)이라는 스킬인데 무엇이든 흡수하는 소용돌이를 만들어서 흡수한 물건을 시전자가 원하는 장소로 보내 버리는 스킬이에요.

'위력은 어때?'

—1레벨의 경우 소용돌이의 반경이 10미터이고 유지하는데 초당 영력이 1만이 필요하다고 기술되어 있었어요. 저희끼리 얘기를 해 봤는데 그 스킬로 마충들을 끌어들여서 아공간으로 보내 버리면 될 것 같아요.

현재 가온의 영력은 30만이니 대략 30초 동안 소용돌이를 유지할 수 있다는 말이다.

일단 사용해 봐야 알 수 있지만 그런 방식이라면 30초에 불과하더라도 엄청난 숫자를 흡수할 수 있을 것 같은데 성에 차지 않았다.

'그런데 영력을 사용한다고?'

가온은 벼리의 설명을 듣고 깜짝 놀랐다. 에너지 카테고리에 떡하니 자리를 차지하고 있지만 대체 어디에 어떻게 사용하는지는 전혀 알지 못했는데 이렇게 밝혀진 것이다.

—네. 영력에 따라서 만들 수 있는 선와, 즉 소용돌이의 크기와 흡입력이 달라지더라고요. 전에 오빠가 영력에 대해서 알아보라고 하셨는데 이번에 조사를 하다 보니 영석(靈石)이라는 것이 있어서 영력을 높일 수 있더라고요.

'갓상점에서 판매를 한다고?'

-네. 가격도 알아봤어요. 하급, 중급, 상급, 최상급, 초월급의 다섯 등급이 있는데 하급은 1천, 중급은 10만, 상급은 1천만 명예 포인트이고 그 이상은 아예 판매하지 않아요.

'셋 모두 고생했어! 그런데 그런 방식으로 사냥하려면 생물 전용 아공간을 사용해야 하겠군.'

-그래야 하지 않을까요?

벼리의 자신 없는 대답에 가온은 조금 난감했다.

'나중에 혹시 몰라서 마충의 일부를 챙길 생각은 있지만 사냥 실적으로 올리려면 생물 전용 아공간으로 들어간 마충을 다시 꺼내어 처리하는 과정이 추가돼.'

이런 방식으로 사냥을 하면 지금보다 훨씬 더 많은 마충을 사냥할 수 있는 것은 확실한데 과정이 하나 더 추가되어 번거로웠다.

그때 알테어의 의념이 전해졌다.

-주인님, 그 문제라면 걱정할 필요가 없습니다.

'그게 무슨 얘기지?'

-골드드래곤이 생전에 사용하던 아공간 아이템 중 하나는 무한 용량은 아니지만 생물과 비생물을 가리지 않고 넣을 수 있습니다. 특이한 것은 그것만이 아닙니다. 숨 쉴 수 있는 대기가 없다는 것은 다른 아공간 아이템과 동일하지만 이 아이템은 시간의 흐름을 조절할 수 있습니다. 소용돌이를 거기와 연결하고 시간의 흐름을 현실과 동일하게 조정하면 생물

은 질식해서 죽게 됩니다.

알테어의 설명을 들으니 자신의 영혼과 연결된 생명의 아공간과 비슷했다.

'어떤 아이템이지?'

─이겁니다.

알테어가 의념으로 꺼내 보낸 아이템이 가온의 손 위에 나타났다.

'이건 수정이네?'

보라색의 수정은 아이 주먹 크기로 속은 맑고 투명했는데 심안으로 자세히 살펴보니 미세한 마법진이 중첩해서 새겨져 있었다.

마법진이 무려 아홉 개나 중첩되어 있어서 예사로운 아이템은 절대로 아니었다.

─골드드래곤도 선대 드래곤으로부터 받은 아이템인데 이마에 대면 몸 안으로 스며들어 영혼과 연결된다고 합니다. 물건의 수납은 의지로 쉽게 할 수 있고요. 가끔 유희를 할 때 애용했다는 말을 들었습니다.

가온은 곧바로 자신의 이마에 수정을 가져다 댔다.

<u>스르르.</u>

수정은 마치 액체처럼 녹아서 이마 속으로 스며들었고 그 순간 가온은 자신의 영혼에 또 다른 아공간이 연결되었음을 인지할 수 있었다.

'이런 방식이면 굳이 소유자 인식 과정을 거칠 필요가 없겠네.'

그랬으니 골드드래곤이 소멸한 후 리치가 보관하고 있었을 것이다.

그 안을 보고자 하는 의지를 품는 순간 내부에 있는 십여 개의 물건을 인지할 수 있었다.

가온은 고룡이었던 드래곤이 간직하고 있었던 물건들이 궁금했지만 지금은 그것보다 영석이 더 궁금했다.

'셋 모두 수고했어. 혹시 바라는 것이 있으면 언제든 말해.'

-그럼 주인님께 부탁이 하나 있습니다.

뒤의 내용은 벼리에게 하듯 늘 하는 소리였지만 알테어가 바로 반응했다.

'말해 봐.'

-벼리는 저도 정체를 잘 모르겠지만 파넬과 저는 영체입니다. 파넬은 어떨지 모르겠지만 저는 새로운 육체를 얻어서 주인님께 실제적인 도움이 되고 싶습니다.

'새로운 육체를 얻고 싶다고?'

빙의라도 할 생각인 것 같았다.

-네. 죽은 지 1시간 이내라면 새로운 육체로 들어갈 수 있는 비술을 익히고 있습니다.

믿을 수 없는 내용이기는 했지만 알테어가 수천 년을 살아온 리치 사령술사임을 감안하면 그런 비술을 익힌 것이 그리 이상하지 않았다.

수천 년을 살아온 알테어가 영체가 아니라 실체를 가지고 있다면 가온의 행보에 큰 도움이 되긴 할 것이다. 더구나 그는 가온에게 종속된 존재이기 때문에 배신은 걱정할 필요가 없었다.

'아무 육체나 가능한 건 아니겠지?'

─어떤 육체든 상관은 없지만 자질이 뛰어난 편이…….

하긴, 자신 같아도 천부적인 자질을 가진 육체를 고를 것이다.

아무리 알테어가 리치로 수천 년을 살아왔다고 해도 육체가 부실하면 영육의 부조화로 인해서 생전의 경지는 고사하고 잘못될 가능성이 높았다.

─그리고 단 한 번만 펼칠 수 있는 제한이 있어서 새로 얻은 육체가 죽으면 저도 소멸하게 됩니다.

더 이상 리치로 살아갈 수 없다는 의미였다.

'신중하게 처리해야겠군.'

─…….

아직 알테어의 진정한 능력을 확인할 기회는 없었지만 그의 능력에 대해서는 대충 짐작이 간다.

그도 그럴 것이 무려 수천 년을 리치 사령술사로 살아왔으니 능력의 대단함은 능히 짐작할 수 있었다.

'그럼 항상 지켜보다가 적당한 대상이 나타나면 내게 얘기를 하도록 해.'

-감사합니다.

가온은 파넬이 비슷한 부탁을 해 올 것으로 생각했지만 그는 아무 의념도 보내지 않았다.

알테어가 비술을 안 가르쳐 줄 것이라 생각했는지, 아니면 그런 식으로 새로운 삶을 사는 것이 마음에 안 드는 것인지는 알 수 없었다.

가온은 갓상점에 접속해서 영석을 검색했다.

'생각보다 가격이 높은데 효율이 얼마나 될까?'

일단 하급 영석 하나를 구입했다.

크기는 고양이 눈알 정도로 반투명한 푸른색이었는데 처음 느껴 보는 기운을 방출하고 있었다.

'이게 영력인가?'

잠시 영력을 느껴 보던 가온은 늘 끼고 있는 흡정 장갑을 이용해서 영석에서 그 기운을 흡수하면서 변화를 지켜보았다.

화아악.

서늘하고 맑은 기운이 몸속으로 들어오더니 머리 부위로 향했고 어느 순간 사라졌다. 그것으로 봐서는 따로 저장하는 장소가 있는 것은 아닌 것 같았다.

상태창을 열어서 확인해 보니 영력이 100이 증가했다.

'하아! 1천 명예 포인트에 겨우 100이라고?'

기가 막혔다. 영력 1을 올리는 데 10명예 포인트가 필요한 것이다.

이렇게 되면 영력 1만을 올리려면 하급 영석이 무려 100개가 필요하고 명예 포인트는 10만이나 들어간다.

가온은 잠시 고민하다가 선와술 스킬을 검색했다. 선와술을 구입해서 위력부터 확인한 후 추가로 영석을 더 구입할지 여부를 결정하기로 한 것이다.

'어차피 영력을 따로 사용할 곳은 없으니 스킬 하나라도 더 배워 두자.'

그런 생각을 하며 선와술을 확인한 가온의 눈이 커졌다.

선와술

등급 : 정

상세

- 영력으로 30미터 이내의 원하는 지점에 강력한 흡수력을 가진 소용돌이를 생성해서 빨려 들어온 것들을 설정한 곳으로 보내 버린다.
- 1레벨의 경우 소용돌이의 반경이 10미터이고 유지하는 데 초당 영력이 1만이 필요하다. 레벨이 상승할 때마다 소용돌이를 생성할 수 있는 범위와 소용돌이의 반경이 두 배로 증가한다.
- 본 스킬을 펼치기 위해서는 일정 수준 이상의 집중력이 필요하며 초당 소모되는 집중력과 영력은 숙련도에 따라서 달라진다.

집중력에 대한 내용이 첨언되어 있었지만 주 내용은 설명과 전혀 다르지 않았다.

'등급이 정이라고?'

스킬 등급이 F부터 SSS가 표시되는 것만 알고 있는 가온에게는 무척 신기한 정보였다.

그런데 다음 순간 가온의 입이 떡 벌어지더니 얼굴에 황당한 표정이 떠올랐다.

'이런 스킬이 500만 포인트라고?'

미치겠다. 무엇이든 빨아들이는 소용돌이를 생성해서 원하는 곳으로 보내 버리는 간단한 내용에 불과함에도 가격이 너무 비쌌다.

하지만 구입하지 않을 수는 없었다. 본격적인 우기가 닥치기 전에 마층을 정리하려면 선와술이 꼭 필요했다.

결국 눈물을 머금고 선와술을 구입한 가온은 그 자리에서 바로 스킬을 익혔다.

'흐음. 영력만 있다면 펼치는 것은 어렵지 않네.'

숙련도가 낮을 뿐 바로 펼치는 것도 가능했다.

선와술은 시전자를 기준으로 30미터 거리 안쪽이면 어디에나 반경 10미터의 소용돌이를 만들 수 있었고 스킬 레벨이 올라갈 때마다 숫자가 2배씩 증가한다.

즉, 2레벨이 되면 60미터 거리 안쪽 어디에나 반경 20미터에 달하는 소용돌이를 생성할 수 있다는 것이다.

'일단 선와술의 위력부터 확인해 보자.'

정오 무렵에 오전 사냥을 끝내고 식사를 한 후 사냥을 시작했기에 아직 시간은 있었다.

일단 새로 얻은 아공간의 시간 흐름을 조정했다.

'5배가 한계네.'

생명의 아공간과 달리 새로 얻은 아공간은 현실 대비 시간의 흐름을 최대 5배 빨리 흘러가도록 조정할 수 있었다.

일단 시간 흐름을 1 : 5로 맞춘 가온은 소용돌이 속으로 들어오는 물건들은 새로 얻은 아공간으로 들어가도록 설정한 후 다시 하늘로 날아올랐다.

애초에 마충 무리에서 멀리 벗어나지 않았기에 금방 마충 구름 위에 도착했다.

가온은 마충 구름 속으로 날아가서 적당한 곳에 자리를 잡은 후 마기를 방출하자 그를 중심으로 마충의 말도가 급격히 높아졌다.

"선와술."

위이이잉.

갑자기 가온의 오른쪽 대기가 급속하게 회전을 하더니 반경 10미터에 달하는 푸른빛을 띤 소용돌이가 나타나더니 무서운 힘으로 마충들을 끌어당기기 시작했다.

가온이 방출하는 마기에 이끌려 몰려들기 시작한 마충들이 순식간에 소용돌이의 흡인력에 의해 중앙의 짙푸른 구멍

속으로 빨려 들어갔다.

그 순간 가온은 스킬을 유지하기 위해서 전력을 다하고 있지만 미리 분리시켜 두었던 의식의 일부를 활용해서 몸 안의 변화를 지켜보고 있었다.

'영력은 머리에만 있는 것이 아니라 몸 구석구석에 퍼져 있었군.'

영석의 영력을 흡수했을 때와 달리 영력이라는 에너지는 머리 부분에 가장 많이 모여 있을 뿐 그의 몸 전체에 분포하고 있었다.

'이런 에너지를 왜 감지하지 못한 거지?'

그런 의문을 품고 영력의 흐름을 면밀하게 관찰한 가온은 영력이 세포 단위에 존재하고 있다는 사실을 깨달았다.

그렇게 30초가 지나자 기이한 탈력감을 느낀 가온은 주저하지 않고 바로 그 자리를 벗어나 안전한 곳으로 향했다.

'진짜 아공간으로 들어왔을까?'

그 점이 가장 궁금했다.

확인해 보자 과연 마충이 아공간에 들어 있었지만 수를 파악하기는 힘들었다. 물론 앙헬이나 정령들에게 파악하도록 지시할 수는 있지만 굳이 그럴 필요는 없었다.

'아무리 마충의 생명력이 왕성하다고 해도 오늘 밤이면 다 죽겠지.'

반나절 정도만 참으면 된다. 아공간에서 꺼내어 갓상점에 넘기기만 하면 선와술로 사냥한 결과를 바로 알 수 있는 것이다.

'아! 집중력이 얼마나 필요한지 확인해야지.'

상태창을 열어서 확인해 보니 집중력이 대략 1천이 넘어서 절반에 약간 못 미치게 소모된 상태였다.

'이것 때문에 탈력감이 느껴진 거군.'

생각해 보니 뭔가에 오래 집중하고 난 직후에 느꼈던 탈력감이 맞았다.

어쨌든 영력을 두 배로 높인다고 해도 집중력이 부족해서 선와술을 길게 펼치지 못하는 문제는 없을 것 같았다.

가온은 당장 선와술로 사냥한 마충의 숫자를 확인하고 싶은 마음을 꾹 누르고 일행이 휴식을 취하고 있는 란하트랑 협곡 앞 숙영지로 날아갔다.

⁂

가온이 늦게 복귀하는 바람에 저녁 식사 시간이 늦어졌다.

신성력을 모두 방출한 저장구를 바꿔 끼는 것은 전사들이 해도 되기에 모라이족과 스노족 결계술사들은 더 이상 필요하지 않아 생명의 아공간으로 돌려보낸 지 오래다.

그래서 지금 숙영지에 있는 사람은 아레오와 아나샤 그리고 열 명의 갈기족 대전사장밖에 없었다.

가온만 지친 것은 아니었다. 다른 대원들도 단순한 반복 사냥에 질려 있었다.

하지만 그것보다 더 문제는 보름 후면 우기가 닥친다는 사실이다.

우기 전에 고원에 올라가서 숙영지를 꾸리려면 지금쯤 마침 사냥을 멈추어야 하는데 갈기족 대원 중 누구도 가온에게 그런 말을 할 수가 없었다.

가온도 갈기족 대원들의 마음을 알기에 점점 더 활력이 떨어지는 식사 시간이 부담스러웠지만 오늘은 조금은 편하게 식사를 할 수 있었다.

오후 내내 휴식과 연공을 했기에 다들 사냥으로 인한 피로는 풀었지만 내일도 일찍부터 사냥을 해야 하기에 다들 일찍 잠자리에 들었다. 조금이라도 더 많이 사냥을 해야 하는 상황이었다.

자신들의 막사 안에 친 안전텐트로 들어온 가온은 오늘도 어김없이 두 여인과 환희대법을 연성했다.

이제는 셋 모두 환희대법에 익숙해져서 느끼는 쾌감은 더욱 강해졌고 대법의 효과 역시 더욱 높아졌다.

"하아! 이젠 정말 우리 둘로는 온 랑을 감당하기 힘들어요."

아레오가 자신을 포함해서 땀을 흘린 세 사람을 클린 마법으로 깨끗하게 세신하면서 말했다.

"동생 말이 맞아요. 우리를 생각해서라도 다른 여인들을 찾아봐요, 온 랑."

황홀한 쾌감을 동반하는 환희대법을 함께 수련하면서 육체는 더욱 강건해지고 피부도 좋아졌으며 마력과 신성력까지 큰 폭으로 늘어난 두 사람이지만 점점 더 강해지는 가온의 정력이 부담스럽기 시작했다.

함께 지낸 지 오래되어서 그런지 이젠 생리 주기까지 거의 비슷해졌기 때문에 두 여인이 생리를 할 때는 가온이 안쓰러웠다.

평소에 두 사람을 상대로도 지치지 않는 정력을 보여 주었기에 그가 얼마나 힘들지 이해할 수 있었기 때문이다.

"걱정하지 마. 충분히 참을 수 있으니까."

가온은 언제나 그렇듯 그렇게 두 사람을 달랬지만 처음과 달리 지금은 두 사람이 제대로 이해하는 눈치가 아니었다.

"피곤할 텐데 어서 자자고."

할 말이 아직 남은 두 사람이지만 음양대법과 달리 환희대법은 음기와 양기를 교환하는 데 신경을 많이 써야 했고 운동량이 많았기에 밀려오는 피로를 견디기 힘들었다.

아레오와 아나샤는 결국 그의 양팔을 끌어안고 잠이 들었다.

얼마 후 둘의 숨소리가 고르게 변하자 조심스럽게 두 여인의 팔을 떼어 낸 가온이 상체를 일으켰다.

'이제 확인해도 되겠지.'

새로 연결한 아공간에서 마충 몇 마리를 꺼내 확인해 보니 예상한 대로 이미 죽은 상태였다.

가온은 일단 갓상점을 연 다음 아공간에서 마충들을 덩어 리로 꺼내어 바로 갓상점으로 넘기기 시작했는데 생각보다 시간이 많이 걸렸다.

'호오! 어쩌면 예상보다 더 많이 사냥했을지도 모르겠네.'

기대를 가지고 결과를 확인한 가온은 깜짝 놀랐다.

'2억 마리가 넘는다고?'

들어온 명예 포인트가 무려 200만 포인트가 넘었다.

'맙소사! 말도 안 돼!'

선와술을 펼쳤던 시간은 고작 30초였다. 단 30초 만에 이런 성과를 거둔 것이니 믿기가 힘들었다.

'이렇게 되면 얘기가 달라지지.'

어떻게든 영력을 늘려야만 했다. 설령 남는 포인트가 없다고 해도 말이다.

'포인트를 포기하는 대신 영력을 증가시키고 시간을 확실하게 줄일 수 있으니 내겐 이득이야.'

어쩌면 마충을 박멸하는 순간 차원 의뢰의 완수를 알리는 사인이 뜰 수도 있었다.

가온은 곧바로 갓상점에 접속해서 가격이 10만 포인트나 되는 중급 영석 하나를 구입했다.

"오옷!"

지름이 손가락 길이에 해당하는 크기의 짙푸른 영석에서 흘러나오는 농후한 영력을 확인한 가온이 자신도 모르게 탄성을 터트렸다.

영력을 높이는 효과 외에도 다른 쓰임이 있을 것 같아서 아쉬웠지만, 지금 당장 필요한 것은 영력을 늘리는 것이니 어쩔 수 없었다.

그 전에 할 일이 있었다. 상태창을 열어 본 가온은 영력이 10만을 약간 상회한 상태임을 확인할 수 있었다.

'영력을 모두 소진한 후 흐른 시간은 대략 5시간이야.'

다행하게도 영력은 휴식을 하면 자연적으로 회복이 되는 것 같았는데, 1시간에 대략 2만 정도였다.

영력을 모두 소진한 상태에서 완전히 영력을 회복하려면 대략 15시간이 필요했다.

'영력을 빨리 회복할 수 있는 방법은 없을까?'

가온은 아공간을 모두 확인하면서 영력의 회복과 관계가 있을 것 같은 물건들을 살펴보다가 엘프의 눈물을 보고 눈을 반짝였다.

'엘프의 눈물은 육체의 피로를 풀어 주는 것만이 아니라 심력도 회복시켜 주는 효과가 있었지. 어디 한번 확인해 보자!'

엘프의 눈물 한 병을 복용하고 다시 상태창을 확인했다.

'예상이 맞았어!'

놀랍게도 엘프의 눈물을 마신 것만으로 영력이 무려 5천이나 더 회복되었다.

'엘프의 눈물에 이런 효과가 있을 줄이야!'

가온은 내친김에 엘프의 눈물을 추가로 마시고 청뇌 명상에 들어갔다. 영력이라는 이름과 명상이 왠지 관계가 있을 것 같아서 시험해 보려는 것이다.

얼마 후 눈을 뜬 가온은 상태창을 다시 확인했다.

'역시!'

기대한 대로 단순히 엘프의 눈물만 마셨을 때는 영력이 5천 정도 회복되었지만 명상까지 곁들이자 회복되는 영력의 수치가 두 배에 달했다.

'그럼 이번에는 명상과 영력의 회복 사이의 관계를 확인해 보자.'

그렇게 결정한 가온은 무려 1시간에 걸쳐서 명상을 했다. 그리고 상태창의 변화를 확인하더니 만족스러운 미소를 지으며 고개를 끄덕였다.

'그냥 쉬는 상태에서는 1시간에 2만의 영력이 회복되지만 명상을 하면 세 배나 빨리 회복돼!'

그렇게 좋아하던 가온은 문득 명상을 하기 전에 마신 엘프의 눈물이 명상에도 영향을 미쳤는지도 확인해야겠다고 생각했다.

1시간 정도 흐른 후 가온은 다시 실험을 재개했다.

이번에는 엘프의 눈물을 복용한 직후부터 명상을 1시간 동안 했다. 그리고 상태창을 확인해 보니 바라는 그대로의 결과가 나타났다.

'명상의 효과가 대단하구나!'

1시간 동안 무려 8만이라는 영력이 회복되었다. 자연적인 회복과 비교하면 무려 네 배가 높은 효과를 보였다.

그저 심신의 안정과 정신력이나 집중력 강화를 위해 수련의 루틴에 포함시켰던 명상이 이렇게 대단한 효과를 발휘할 줄은 몰랐다.

얼마 후 가온은 소모했던 영력을 완전히 되찾았다.

'이제 영력을 흡수하자! 아! 그 전에 더 확인해 볼 것이 있어!'

가온은 구입한 중급 영석에서 영력을 흡수하려다가 문득 떠오른 생각에 멈추고 다시 엘프의 눈물을 마셨다.

그 후 상태창을 확인한 가온의 얼굴에 실망감이 가득했다.

'엘프의 눈물은 소모한 영력을 회복시키는 효과밖에 없구나.'

참으로 아쉬운 일이지만 다시 생각하면 그런 효과가 있을 거라고는 전혀 생각지도 않았기에 오히려 감사해야 하는 상황이다.

그래도 집중력은 비약과 명상의 효과로 인해서 완전히 회복된 상태였다.

마음을 다잡은 가온은 마침내 중급 영석에서 영력을 흡수하기 시작했다.

화아아아.

차가울 정도로 서늘하고 맑은 영력이 몸 안으로 들어오자 머릿속은 물론이고 몸 전체가 너무나 시원해졌다.

마치 온탕에 오래 몸을 담그고 있다가 나와서 서늘한 가을 바람을 알몸으로 받는 것처럼 말이다.

중급 영석이 빛을 잃고 회색으로 변하더니 이내 재가 되어 사라졌다.

상태창을 확인한 가온이 차마 소리 내어 웃지는 못하고 입꼬리를 부들부들 떨었다.

'하급 영석을 구입하지 않은 것이 다행이네.'

영력의 증가분은 무려 15,000이었다. 하급 영석 100개보다 중급 영석 하나가 품은 영력이 그만큼 많은 것이다.

가온은 중급 영석들을 추가로 구입해서 영력을 60만으로 만들었다.

'1분은 되어야지.'

어제를 기준으로 계산하면 네 배 이상의 사냥 실적을 기대할 수 있게 되었다. 가온은 오전에 한 번, 오후에 한 번 선와술로 마충을 사냥할 계획이다.

'늦어도 열흘이면 처리할 수 있어!'

마충이 대충 70억 마리가 남았다고 생각하면 열흘 정도면 모두 사냥할 수 있게 된 것이다.

내친김에 영력을 더 올릴 생각도 해 봤지만 집중력 수치도 그렇고 영력의 또 다른 쓰임을 찾지 못한 상황이라 이 정도에 만족하기로 했다.

이제는 정말 푹 잘 수 있을 것 같았다.

가온은 다시 자리에 누웠고 곯아떨어진 것이 분명했던 아레오와 아나샤는 잠결에도 그의 팔을 다시 붙잡고 얼굴을 묻으며 편안한 얼굴이 되었다.

다음 날 새벽, 늘 그래 왔듯 가볍게 데운 차와 빵으로 아침 식사를 할 때 가온이 마충 사냥은 앞으로 열흘 안에 끝내겠다고 알렸다.

"정말 다행입니다!"

안 그래도 울바르와의 통신을 통해서 이주민의 행렬이 파란 고원과 열흘 거리까지 도달했다는 소식을 듣고 마음을 졸이던 대전사장들이 일제히 가온의 결정을 반겼다.

"그때까지 마충을 박멸하는 건 힘들 텐데 어떻게 하시려고요?"

"설마 우기가 끝난 후에 다시 사냥을 시작할 거예요?"

아레오와 아나샤도 지겨운 마충 사냥을 며칠 후에 끝낸다는 말에 기뻤지만, 나중을 생각하지 않을 수 없었다.

그녀들은 가온의 비밀을 공유하고 있었기에 그가 마충을 모조리 박멸해야만 하는 사정을 알고 있었다.

　"아니야. 그때까지 사냥을 끝낼 수 있을 것 같아."

　"네?"

　"정말요?"

　"응. 지금까지 쭉 그 문제를 고민했다가 다행히 어젯밤에 방법을 찾았어. 그러니 이제 당신들도 더 이상 마충 사냥을 하지 않아도 돼."

　"어떤 방법인데요?"

　"오늘 보여 줄게."

　가온의 선언에 아레오와 아나샤는 물론이고 대전사장들도 큰 관심을 가졌다.

　식사 후 가온은 사람들과 함께 움직였다. 오늘부터는 협곡을 이용한 사냥을 하지 않기로 했으니 멀리에서나마 가온이 어떻게 마충을 사냥하는지 구경하고 싶다는 그들의 청을 받아들인 것이다.

　대신 숙영지는 정리하기로 했다. 이젠 굳이 이곳을 고집할 필요가 없었다.

　얼마 후 가온 일행은 초원늑대를 타고 마충의 이동 방향을 향해 움직였다. 비행을 해서 가면 더 빨리 갈 수 있었지만 오전 사냥을 하지 않아도 되니 그게 그거였다.

대략 2시간 후, 가온 일행은 마침내 마충 무리가 만든 거대한 구름의 띠를 볼 수 있었다. 마충의 띠 구름은 무시무시한 날갯짓 소리와 함께 빠르게 남하하고 있었다.

30분 정도 더 이동하자 마충들의 날갯짓 소리가 귀청을 따갑게 만들었다.

"다들 이곳에서 지켜만 봐!"

그 말과 함께 날아가듯 마충 무리를 향해 달려간 가온은 곧 황갈색 구름 속으로 들어갔다.

"쳇! 이래서는 어떻게 사냥하는지 볼 수 없잖아."

보이는 거라곤 풀과 관목을 삽시간에 먹어 치우는 황갈색 마충들밖에 없었다.

얼마 후 갑자기 일행의 눈길을 막았던 마충들이 사라지고 바닥에 좌정을 하고 앉은 가온이 보였다.

"이상하네. 마충들이 마치 뭔가에 빨려 들어가는 것처럼 억터르텐 주위를 회전하다가 사라졌어."

"내가 잘못 본 것이 아니었군."

마충 무리를 유심히 관찰하던 대전사장들이 공통된 의견을 내는 동안 가온이 다시 날듯이 빠르게 일행이 있는 곳으로 달려왔다.

"온 랑, 대체 뭘 어떻게 하신 거예요?"

아레오는 너무 궁금했다.

"못 봤어?"

"당연하죠. 마충 무리를 뚫고 사라졌었잖아요."

아레오의 말을 듣고 생각해 보니 확실히 일행이 마충을 어떻게 사냥했는지 볼 수가 없었다.

"잠시 후에 다시 보여 줄게."

가온은 엘프의 눈물을 마신 후 짧게 명상을 해서 소모한 영력을 다시 채웠다.

방금 전에는 문득 생각나는 것이 있어서 시험 삼아 선와술을 한계인 30초가 아니라 단 10초만 발휘했기 때문에 영력에 여유는 있었지만 그래도 최대한 빨리 영력을 회복해 둘 필요가 있었다.

이번에는 마충의 띠 구름 바로 앞에 도착해서 선 채로 마기를 방출했다. 그렇게 해야 뒷공간이 비어 있어 동료들이 선와술로 마충을 사냥하는 모습을 지켜볼 수 있었다.

가온이 마기를 방출하자 마충 무리 중 한 부분이 무서운 속도로 그를 향해 몰려들었다.

"선와술!"

가온이 앞으로 손을 뻗자 조금 떨어진 곳에서 연푸른색의 바람이 나타나더니 무서운 속도로 회전하기 시작했다.

"소용돌이?"

"돌개바람?"

가온의 손가락이 가리킨 방향에서 기이한 소용돌이를 나타난 것에 신기했던 두 여인과 대전사장들은 뒤이어 나타난 변화에 입을 다물지 못했다.

마충들이 소용돌이 중앙의 푸른 구멍 속으로 빨려 들어가고 있었는데 그 속도가 어마어마하게 빨랐다.

소용돌이는 순식간에 사라졌지만 얼마나 많은 마충이 그 안으로 빨려 들어갔는지 가온과 가장 가까운 마충은 거의 50보가 넘게 떨어져 있었다. 가온을 중심으로 반경 50보 안에 있던 마충들이 모두 사라져 버린 것이다.

"조, 조심해!"

가온과는 꽤 거리가 있었고 소용돌이도 사라졌지만 사람들은 몸이 소용돌이가 있는 곳을 향해 빨려 들어갈 것 같은 강력한 흡인력을 느끼고 대경실색했다.

황급히 뒤로 물러났는데 거의 100보는 넘게 떨어지고 나서야 흡인력이 사라졌다. 선와술로 만든 소용돌이의 흡인력이 그만큼 대단했다.

얼마 후. 이번엔 거리가 가까워서 가온은 순식간에 일행이 있는 곳에 도착했다.

"온 랑, 그 소용돌이는 뭐예요?"

"혹시 마법인가요? 아니면 주술?"

아나샤는 나타나서 순식간에 엄청난 숫자의 마충을 빨아 들이고 사라진 소용돌이가 마법으로 인해 만들어진 것은 아니라고 생각했다. 그런 마법이 있다는 건 들어 본 적이 없었다.

"잠깐만."

가온은 그 말과 함께 비약을 마시고 명상에 들어갔다.

이번에는 집중력이 무려 1,500이나 소모되었기에 정신적인 피로감이 확실하게 찾아온 것이다.

"언니, 아무래도 그 소용돌이를 만드는 데 엄청난 힘이 들어가야 하나 봐요. 온 랑이 지친 모습을 처음 보는 것 같아요."

"나도 처음 보지만 엄청난 에너지가 소모되긴 할 거야. 100보 반경에 있는 모든 것을 빨아들여서 분쇄해 버리는 무시무시한 소용돌이를 만드는 거잖아."

"두 분의 말이 맞습니다. 이렇게 무시무시한 소용돌이는 처음 봅니다. 저도 젊었을 때는 수련을 겸해서 다양한 의뢰를 받아서 대륙 곳곳을 다녔는데 이런 엄청난 결과를 만들어 낼 스킬이나 능력이 있다는 소리는 들어 보지 못했습니다."

아레오와 아나샤의 대화를 듣고 있던 옹고트 대전사장이 명상을 하고 있는 가온을 향해 경외심이 가득한 눈길을 보내며 그렇게 말했다.

짧은 명상을 통해 소모한 집중력을 어느 정도 회복한 가온은 일행과 함께 뒤쪽으로 물러났다.

적당한 곳에 자리를 잡자 아나샤가 아공간 주머니에서 차와 주전자 그리고 이동식 화로를 꺼내어 차를 끓이기 시작했다.

"온 랑, 이젠 말해 주세요. 우리가 본 게 대체 뭐예요?"

아레오가 마법사답게 강한 호기심을 드러내며 묻자 차를 끓이던 아나샤는 물론 갈기족 대잔사장들이 모두 가온에게 시선을 주었다.

"그건 선와술이라고 하는 고대 마법이야. 마족 던전을 클리어한 보상으로 갓상점에서 구입했지."

"그럴 줄 알았어요. 그 소용돌이는 정말 어마어마한 위력을 가졌더군요. 가격이 엄청나겠죠?"

아레오는 마충의 띠 구름 한 부분이 통째로 사라질 정도로 엄청난 흡인력을 발휘했던 소용돌이에 푹 꽂혀 버렸다.

가격 얘기에 가온은 고개만 끄덕였다. 구체적인 수치를 밝히면 기절할 테니 말이다.

그런데 아레오는 정말 가격이 궁금했는지 질문을 계속했다.

"구입하는 데 든 포인트가 10만 단위예요?"

가온은 고개를 가로저었다. 그러자 아레오의 눈이 찢어질 듯이 커졌다.

"그럼 100만 단위요?"

끄덕끄덕.

다들 입이 떡 벌어져서 한동안 아무 말도 하지 못했다. 나름 던전 공략에서 활약을 했지만 기껏해야 1만 전후의 포인트를 얻은 그들에게는 상상도 할 수 없는 단위의 포인트였다.

"온 랑만이 익힐 수 있는 스킬이네요."

어쩐지 풀이 죽은 아레오의 말에 가온은 가슴이 아팠다.

"가격이 문제가 아니야. 영력이라는 특수한 에너지를 다룰 수 있어야만 펼칠 수 있는 스킬이야."

"영력요?"

"응. 단순히 정신적인 에너지를 말하는 것이 아니라 이 세상이 아닌 다른 차원에서만 얻을 수 있는 특별한 에너지야."

"그럼 저와 같은 경우에는 포인트가 있어도 구입할 수가 없네요?"

"그렇지. 집중력도 굉장히 많이 필요해. 영력이 충분해도 집중력이 낮으면 오래 펼칠 수가 없지."

자신의 능력으로는 구입해도 쓸 수 없다는 가온의 말에 아레오의 눈에 빛이 들어왔다.

"하긴, 한 번에 최소 수천만 마리의 마충을 빨아들여 분쇄해 버리는 무시무시한 소용돌이인데 그 정도 가치는 되겠지요. 그런데 하루에 몇 번이나 펼칠 수 있는 거예요?"

아나샤가 찻잔을 주며 물었다.

"하루에 한 번이 한계야."

엘프의 눈물을 마신 상태에서 청뇌 명상법을 운공해도 10시간은 지나야 영력이 회복된다.

"그럼 오늘은 더 이상 사냥을 못 하겠네요. 그런데 대체 몇 마리나 소멸시킨 거예요?"

"자세한 숫자는 모르겠고 남은 마충 중 20분의 1은 사라진 것 같아."

사실 선와술을 60초 동안 펼치면 4억 마리 이상을 사냥할 수 있지만, 굳이 그런 자세한 내용까지 대전사장들에게 알릴 필요는 없었다.

그들은 애초에 마충의 숫자가 얼마나 되는지 짐작도 하지 못하고 있으니 말이다.

"그럼 앞으로 아흐레 정도만 더 사냥하면 끝이라는 얘기네요?"

가온의 대답에 당장 아나샤의 얼굴에 희색이 돈다.

"그래서 온 랑이 더 이상 협곡에서 사냥할 필요가 없다고 한 거구나. 아무튼 잘됐네요. 이주민들이 파란 고원에 도착하기 전에 우리가 먼저 마충 사냥을 끝낼 수 있겠네요."

아레오의 말에 그동안 마음고생이 심했던 갈기족 대전사장들의 얼굴에 화색이 돌았다.

마충 사냥은 아흐레가 아니라 일주일 후에 끝났다.

가온은 마충의 띠 구름을 따라서 움직이면서 5초 동안 선와술을 펼치고 비약과 명상을 통해 영력을 회복하는 방식으로 아침부터 저녁까지 사냥을 했다.

동료들도 가만히 구경만 하지는 않았다. 비록 협곡은 아니지만 홀리필드진을 활용해서 최대한 많이 사냥한 것이다.

헤알과 갈기족 대전사장들도 수시로 마충 무리 속으로 들어가서 칼춤을 추고 나왔다.

아무리 날개가 있는 놈들이고 무엇이든 씹어먹는 마충이라고 해도 검기와 오러블레이드를 사용하는 공격에는 무력했다.

특히 헤알은 누구에게 배운 것도 아니지만 검기로 검막을 펼쳐서 가장 큰 사냥 성과를 거두었다.

아레오와 차링도 자신들의 장기로 마충을 사냥했다.

물론 사냥 결과는 기대한 것보다 훨씬 떨어졌지만 그래도 뭐라도 해야 한다는 생각에 전심전력을 다해서 사냥을 한 것이다.

가온이 절대다수를 사냥하기는 했지만 그런 노력들이 모여서 이틀이나 일찍 그 많은 마충을 깔끔하게 정리할 수 있었다.

'지겹긴 했지만 어마어마하게 벌었네.'

방금 확인한 명예 포인트는 무려 7천만을 훌쩍 넘겼다. 선와술이나 영석을 구입하고도 그만큼이나 늘어난 것이다.

어디 그것만이랴. 미세 마정석은 5억 개 이상 확보했고 영약으로 활용할 알 또한 수를 헤아릴 수 없을 정도였다.

문제는 아직도 의뢰 완수를 알리는 홀로그램이 안 뜬다는 것인데, 이런 결과가 나올 수도 있다는 것은 이미 어느 정도 예상한 상태였다.

'역시 파란 고원에 있는 마충 던전까지 처리해야 완수가 될 것 같네.'

어느 정도 예상을 해서 짜증이 안 나는 것이 아니다. 워낙 엄청난 명예 포인트를 챙겼기 때문이다.

'어쩌면 차원 의뢰의 보상보다 더 많이 벌었을 수도 있어.'

그래서 좀 더 많은 마충이 있었으면 하는 생각도 아주 잠깐이지만 한 적이 있었다. 마충은 가온에게는 그야말로 보물섬이나 다름없었다.

'빨리 고원으로 가야겠다.'

선와술이 워낙 짧은 시간에 많은 마충을 사냥할 수 있다 보니 시간이 많이 나서 가온은 그때마다 이런저런 생각을 할 수 있었다.

마충의 발원지에 대한 것도 그중 하나였다.

처음에는 마충의 알에 왜 마기가 없을까 하는 의문을 품었는데, 마충이 매번 동일한 지역에서 출몰한다는 노란갈기족 주술사의 말을 기억나자 한 가지 가설이 떠올랐다.

'설마 파란 고원의 던전에서 마충이 나오는 건가?'

지구처럼 따로 마충을 방제하는 것도 아닌데 매번 같은 지역에서 출현한다는 것이 이상했다.

초원은 광대하지만 기후 환경이 거의 동일했던 것이다. 물론 토질에 따라서 나무가 자라는 준초원도 있었지만, 같은 초원인데 매번 같은 곳에서 출현한다는 것은 이상하다.

노란갈기족 주술사는 마충의 숫자가 해가 바뀌면 100배로 증가한다고 했는데 그 정도라면 벌써 초원을 벗어났어야 정상이다.

초원을 벗어나면 마충의 먹이가 더 풍부해지니 숫자가 기하급수적으로 늘어날 수밖에 없었다.

그런데 실제는 그렇지 않았다. 마충은 2, 3년 주기로 출현하고 매번 숫자가 늘어나기는 하지만 우기 전까지 초원을 벗어나는 일은 아직 없었다.

무엇보다 마충은 몸집은 작지만 오크에 못지않은 마기를 발산하는 데 반해서 알은 전혀 마기를 품고 있지 않은 점도 이상했다.

여러 가지를 고려하면 파란 고원에 있는 던전이 마충의 발원지일 가능성이 아주 높았다. 그래서 의뢰 완수가 안 된 것 같았다.

정오 무렵에 마충을 말끔하게 정리한 가온 일행은 저녁 무렵에 갈기족 본대의 숙영지에 도착했다.

"수고하셨습니다!"

갈기족 수뇌부는 물론이고 거의 모든 갈기족 주민들이 그를 맞이했다.

"뭘요. 여러분이 수시로 보이는 와이번들 때문에 고생했다는 얘기는 들었습니다."

마충을 처리한 후 휴식도 취하지 못하고 바로 이곳으로 달려온 이유가 있었다. 그것은 바로 파란 고원에 자리를 잡은 와이번 때문이었다.

"벌써 사흘째 습격을 받았습니다. 억터르텐의 부하들이 다 사냥했지만 갈수록 숫자가 늘어나고 있어 걱정하고 있었습니다."

와이번 전체는 아니고 대여섯 무리가 번갈아서 갈기족을 기습한 것이다.

전조 우기와 본격적인 우기 사이에는 하루에 한두 번 짧게 비가 내리기 때문에 구름이 많이 끼는데 와이번들은 구름 속에 숨어 있다가 쏜살같이 내려와서 사람이며 가축들을 잡아채려고 했다.

물론 가온이 보낸 플라위스들이 와이번이 모습을 드러내는 족족 사냥을 해 버렸지만 어제는 무려 1천여 마리나 나타나서 갈기족들은 공포에 질렸다.

아무리 플라위스들이 와이번에 비해 압도적인 전투력을 가지고 있다고 해도 그 사이를 뚫고 들어오는 놈들도 있었기 때문이다.

사실 던전에서 많은 경험을 했고 보상으로 경지를 올린 전사들도 마나를 주입한 창으로 와이번의 간헐적인 공격을 막

앉기 때문에 아직 피해는 없었지만 수가 급격하게 늘어나고 있어서 걱정할 수밖에 없었다.

가온이 부리는 플라위스들이 당하면 갈기족들은 와이번의 사냥감이 될 수밖에 없었다.

"본격적으로 와이번을 사냥할 생각이니 이젠 걱정하지 마십시오."

"부탁드립니다!"

가온의 말에 잔뜩 굳어 있던 갈기족 수뇌부의 얼굴이 풀렸다. 그리고 그 얘기가 곧바로 퍼지자 무겁게 가라앉았던 숙영지의 분위기가 한결 가벼워졌다.

땅에 발을 붙이고 사는 마수나 몬스터였다면 죽음을 각오하고 상대할 텐데 와이번은 마나를 주입한 창을 던져서 쫓아버리는 방법밖에 없어서 갈기족 수뇌부나 전사들은 무력감에 우울증이 올 정도로 스트레스를 받고 있었다.

그런데 그 누구도 처리할 수 없었던 마충을 신묘한 능력으로 말끔하게 처리한 가온이 장담을 하자 가슴을 짓누르고 있었던 무거운 돌을 내려놓을 수 있었다.

본인은 인정하지 않지만 가온은 이미 갈기족의 억터르텐이었다.

하늘의 아들이 한 말이니 틀림이 없을 것이고 갈기족은 더이상 와이번을 걱정하지 않아도 될 것이다.

덕분에 며칠 동안 마음을 졸이고 살았던 사람들은 오늘 밤은 잘 먹고 푹 쉴 수 있었다.

가족을 잃은 이들도 억터르텐인 가온이 꼭 복수를 해 줄 것이라고 굳게 믿고 슬픔을 이겨 낼 수 있었다.

와이번 사냥

　일찍 아침 식사를 마친 갈기족들은 이동 준비를 하면서 연신 하늘을 쳐다보고 있었다.

　"엄마, 하늘에 아무것도 없는데 왜 자꾸 하늘을 봐?"

　한 아이가 엄마에게 물었다.

　"와이번이 오는지 보려고 그래."

　와이번이라는 소리에 아이의 얼굴이 대번에 창백해진다. 대이동 전의 일이긴 하지만 거대한 와이번이 동족과 가축을 채서 날아가는 것을 직접 봤기 때문이다.

　"와이번이 나타나면 마차 밑에 들어가려고?"

　지금까지는 그랬다. 그렇게 몸을 숨기고 있으면 플라위스들이 와이번들을 사냥했다.

"아니야. 오늘부터는 그러지 않아도 돼."

"전사님들이 사냥하기로 했어?"

"아니. 억터르텐께서 사냥하실 거야. 그러니까 이제 와이번이 나타나도 겁먹을 필요가 없어."

어제까지만 해도 와이번 소리만 들어도 겁이 나서 아이들부터 숨기기 바빴지만 오늘부터는 달랐다.

갈기족의 억터르텐은 아무리 많은 와이번이 나타나도 모조리 죽여 버릴 것이다.

"정말 억터르텐이 와이번들을 모조리 사냥해 주셨으면 좋겠다."

초원에서 살아가는 사람들이 가장 두려워하는 마수는 바로 와이번이다.

다른 마수나 몬스터는 전사들이 어떻게든 상대할 수 있는데 구름 속에 숨어 있다가 눈 깜짝할 사이에 날아 내려와서 순식간에 채서 날아가는 와이번은 제대로 상대하기가 힘들었다.

갈기족들이 영양가 높은 풀들이 잘 자라지 않는 초원 남서부의 하고롱에 집결한 이유 중 하나도 와이번의 습격을 피하기 위해서였다.

그쪽은 와이번의 본거지인 파란 고원과 워낙 멀어서 놈들의 습격을 걱정하지 않아도 되니 말이다.

갈기족 행렬의 선두가 막 출발을 하려고 했을 때 갑자기

예지몽으로
히든랭커

사람들이 소리를 지르기 시작했다.

"와이번이다!"

"억터르텐, 와이번이 나타났어요!"

"와이번을 사냥해서 원수를 갚아 주세요!"

사람들의 반응은 지난 며칠과는 완전히 달랐다. 기대로 인해서 뜨거워진 시선이 가온에게 향했다.

아레오와 아나샤를 뒤에 태우고 떠날 준비를 하던 가온은 마구랏의 목덜미를 한번 쓸어 주더니 아래로 내려왔다.

그리고 바닥을 박차고 앞쪽을 향해 달리더니 순식간에 선두와 1천 보 떨어진 곳에 도착했다.

"모두 다 나와!"

전용 아공간을 연 가온은 플라위스를 전부 불러냈다.

어제 도착하자마자 보상으로 엘프의 눈물을 나눠 주고 잠시 쉬게 한 후 전용 아공간에 넣어 두었다.

플라위스는 모두 206마리로 늙어서 노쇠해진 개체도 없었고 새끼들도 없었다.

몇 마리 정도였다면 투명날개를 착용하고 혼자 사냥을 했을 테지만 오늘 나타난 와이번의 숫자는 대략 300마리가 넘었다. 아마 갈기족의 이동에 대한 정보가 무리 중에 퍼진 모양이다.

우기가 임박한 요즘, 와이번은 수시로 사냥을 나간다.

지능이 높은 와이번은 저장이라는 개념을 어느 정도 알기에 비행이 어려운 우기 초반을 보낼 수 있는 식량을 확보하려는 것인데, 주 사냥 대상은 거대한 체구의 변이 들소다.

하지만 놈들 중에서 더 지능이 높은 무리는 인간을 사냥하는 것을 선호했다.

인간은 몸집은 작지만 육질이 뛰어나고 다른 동물과 달리 가둬 놓고 오래 먹을 수 있었기 때문이다.

어제까지는 구름 위로 날아서 접근했다고 했는데 오늘은 숫자가 많고 본격적으로 사냥을 할 생각이었는지 아예 저공으로 날아오고 있었다.

가온의 명령이 떨어지자 플라위스들은 기쁨에 가득한 피어를 내지르며 일제히 하늘로 날아올랐다. 그리고 순식간에 고도를 높여서 와이번들을 향해 날아갔다.

오랫동안 이 땅의 최상위 포식자로 군림하며 살아왔던 와이번이었지만 이번 상대는 달랐다. 플라위스 중 가장 작은 개체도 와이번의 보스와 비슷할 정도로 엄청난 것이다.

크아아앗!

플라위스들이 가까워지자 와이번들은 겁먹지 않고 피어를 통해 강렬한 전의(戰意)를 방출했지만 돌아오는 것은 거대한 화염 줄기였다.

화르르르.

캐액!

기세 좋게 플라위스들을 향해 고속으로 날아가던 와이번

들은 연이어 거대한 화염 덩어리로 변해 발광을 하다가 땅으로 추락했다.

뒤쪽에 있던 와이번들은 절반에 가까운 동족이 한순간에 화염을 뒤집어쓰고 끔찍한 비명과 함께 아래로 추락하자 겁먹은 눈으로 황급히 방향을 선회했다. 도망치려는 것이다.

만약 플라위스들에 대한 정보가 와이번 사이에 알려졌었다면 애초에 이 정도 숫자로 사냥을 나오지도 않았을 텐데 그동안 갈기족을 사냥하려던 놈들은 플라위스들에 의해 완전히 사냥당했다.

하지만 그때는 이미 늦었다.

레드, 퍼플 등 플라위스 보스들이 화염 브레스를 방출한 직후 목표가 제대로 화염을 뒤집어썼는지 확인도 하지 않고 더욱 빠르게 고속 비행을 해서 와이번 무리의 후미에 도착했다.

화염 브레스로 와이번들을 태워 죽인 플라위스들에게 남은 와이번은 유희 대상에 불과했다.

플라위스들은 사방에서 와이번을 포위한 상태에서 덩치만 컸지 아직 성체가 되지 않은 새끼들에게 와이번을 상대할 기회를 주었다.

곧 새끼 40여 마리와 와이번 100여 마리가 공중전을 벌였다.

콰직!

끼애애액!

새끼라도 와이번보다 더 큰 플라위스는 아직 제대로 부리와 발톱에 오러네일을 생성하지는 못했지만 본능적으로 강화를 시킬 수 있었고 그것만으로도 와이번의 부리와 발톱을 감당할 수 있었다.

꽝! 꽝! 꽝!

와이번과 새끼 플라위스들의 공중전이 벌어졌다.

와이번은 날개가 피막이라 바람을 탈 때 큰 힘이 들지 않고 쉽게 비행이 가능하지만 고속 기동이 어려운 반면 깃털이 있는 플라위스는 강력한 힘을 바탕으로 고속 비행이 가능하고 방향 전환이 빨랐다.

처음에는 숫자도 일곱 배 이상인 데다 성체인 와이번의 우세였지만 새끼 플라위스들은 한 덩어리로 뭉쳐서 놈들을 상대하는 전술을 구사했다. 그래야 포위되지 않을 수 있었고 지치거나 부상을 입은 놈들이 안쪽으로 피신해서 회복할 수 있었기 때문이다.

시간이 흐르면서 이미 한두 번의 공중전을 치렀던 새끼 플라위스들은 깃털의 막강한 방호력은 물론 어미와 무리의 어른들에게 배운 비행술과 사냥술을 능숙하게 펼치기 시작하면서 전황이 바뀌었다.

상대가 성체 와이번들이라서 당연히 다들 크고 작은 상처를 입기는 했지만 그 전투를 통해서 아직 부족한 것이 많았던 새끼 플라위스들의 성장에는 큰 도움이 되었다.

생명의 위협을 강하게 느끼자 하나둘 오러네일을 어떻게 구현해야 하는지 깨달았고, 이내 몸집만큼이나 막대한 마나를 활용해서 와이번들을 압도했다.

결국 와이번 중에서 부리와 발톱이 깨지고 부서졌고 날개와 몸통에 커다란 상처를 입고 땅으로 추락하는 놈들이 나오기 시작했다.

가온은 성체 플라위스의 일부를 대상으로 참전하도록 명령했다. 새끼들의 전투력이 성장한 만큼 시간을 끌 필요가 없다고 생각한 것이다.

숫자가 현저히 적은 새끼들도 제대로 상대하지 못했던 와이번들이다.

전투 경험이 풍부할 뿐 아니라 몸집도 크고 오러네일을 더 능숙하게 구사하는 성체 플라위스들이 참전하자 땅으로 추락하는 와이번들이 빠르게 늘어나기 시작했다.

새끼 플라위스들은 더욱 기세를 올리며 무리의 대장들이 그랬듯 강력한 날갯짓을 통해 초가속에 가까운 빠른 이동과 붉은 오러로 이루어진 부리와 발톱으로 와이번의 머리통을 부수는 방식으로 빠르게 사냥을 했다.

성체들이 참전하자 공중전은 순식간에 종식되었다. 더 이상 하늘을 나는 와이번을 볼 수 없게 된 것이다.

끼애애애액!

새끼 플라위스들은 자신들이 거둔 사냥 성과에 고무되어 투기가 가득한 피어를 내지르며 무리에 합류했다.

'수고했어! 이제 돌아와!'

가온은 차례로 내려오는 플라위스들에게 튀나윔 심장을 다섯 개씩 직접 부리에 물려 주고 칭찬을 해 주었다.

쿵! 쿵! 쿵!

플라위스들은 가온의 칭찬과 오랜만의 영양 간식에 신이 났는지 두 발로 주위를 뛰어다니며 승전을 즐겼다.

플라위스들이 마치 매가 참새를 사냥하듯 가볍게 와이번을 사냥하는 모습을 황홀한 눈으로 지켜보던 꼬마가 같은 얼굴을 하고 있는 엄마를 돌아봤다.

"엄마."

"왜?"

"저 거대한 새들이 억터르텐이 부리는 전사라면서?"

"맞아."

"그런데 왜 안 타고 다녀?"

"그, 그건…….."

생각해 보니 전설에서는 하늘의 아들인 억터르텐이 하늘 새를 타고 나타나서 절망에 빠진 갈기족을 구원한다고 했는데 가온이 억터르텐이라는 사실을 확고하게 믿고 있지만 그가 저 새들을 타는 모습은 보지 못했다.

그런데 마치 가온이 꼬마의 말을 듣기라도 한 것처럼 유난히 꽁지깃이 붉은 거대한 플라위스의 등 위로 올라갔다.

그리고 구름 속을 잠시 빠져나와 세상을 환하게 밝히고 있는 태양을 향해 날아오르기 시작했다.

그 모습은 가온을 태운 거대한 플라위스가 마치 고향인 태양을 향해 날아가는 것 같았는데 끝없이 날아올랐고 어느새 자취를 감추었다. 높은 구름 속으로 사라진 것이다.

그리고 잠시 후, 초원을 뛰어다니던 플라위스들이 일제히 가온이 사라진 곳을 향해 솟구치듯 빠르게 날아올라 역시 자취를 감추었다.

"와아! 정말 억터르텐이었어!"

어릴 때부터 억터르텐에 대한 전설을 숱하게 들어왔던 꼬마의 엄마와 꼬마는 같은 마음이 되어 가온과 플라위스들이 사라진 곳에서 경외가 가득한 눈길을 떼지 못했다.

아마 이동 총책임자인 울바르 대전사장의 고함이 아니었다면 언제라도 사라진 가온의 자취를 뒤쫓고 있었을 것이다.

"출발!"

드디어 갈기족의 대이동이 다시 시작되었다.

가온이 자리를 비웠던 나날들과 달리 갈기족 모두의 걸음에는 힘이 실려 있었다. 이제 더 이상 와이번에게 공격당할 염려를 하지 않아도 되니 마음이 가벼웠다.

그렇게 출발한 선두에는 마구랏을 타고 있는 아레오와 아나샤도 있었는데 표정이 상당히 불만스러웠다.

"쳇! 치사하게 온 랑 혼자만 타고 가다니!"

"그러게. 내심 같이 타자는 말만 기다렸는데."

"온 랑도 어떨 때 보면 은근히 눈치가 없는 것 같아, 언니."

"나도 그렇게 생각했어!"

"언니, 나중에 온 랑에게 우리가 탈 전용 플라위스들을 달라고 해 볼까?"

"전용 플라위스?"

"응. 구조물에 매달려 비행하는 것도 나쁘지 않는데 몸을 제대로 움직일 수가 없잖아."

"그렇긴 하지."

이미 비행의 재미를 알아 버린 두 사람은 마치 전설에 나오는 것처럼 자신들이 거대한 플라위스의 등에 올라타고 하늘 높이 날아오르는 모습을 상상했다.

그런데 그런 생각을 하는 건 두 사람만이 아니었다.

이번 여행에 따라나선 헤알과 차링은 물론 갈기족 대전사장들도 하나같이 그런 생각을 머릿속에 떠올리고 있었다.

가온이 아레오와 아나샤를 데리고 함께 플라위스를 타지 않은 이유가 있었다.

일단 몸을 안정적으로 유지할 수 있도록 해 주는 장비가 없었다.

플라위스들이 고속으로 비행하면서 급격하게 방향을 틀게 되면 말에게 하듯 허벅지로 조이는 정도로는 심하게 요동치는 몸을 고정시킬 수가 없었다.

또한 구름이 우기에만 볼 수 있는 적란운으로 수직으로 발달해서 시야가 무척 제한이 되기 때문에 어떤 상황이 벌어졌을 때 대처하기가 쉽지 않았다.

게다가 플라위스는 기본적으로 비행 마수다.

뤼나웜을 수없이 잡아먹고 진화를 해서 영능(靈能)까지 생겼기 때문에 자존감이 강해졌다.

영혼의 주인이라고 할 수 있는 가온이라면 몰라도 기본적으로 인간을 무시하는 놈들이 다른 사람을 태울 리가 없었다.

물론 그래도 가온의 명령에 절대복종을 하는 녀석들이라서 아레오와 아나샤 정도는 별 불만 없이 태워 줄 것이다.

'나중에 전용 장비를 마련해서 태워 줘야겠네.'

두 사람은 섭섭하겠지만 지금은 단순히 플라위스를 탈 수 있는지 확인하기 위해 나선 길이 아니다. 안전한 이동을 위해서 반드시 해야 할 일이 있었다.

'아직 이곳까지 도착하지 않았네.'

수직으로 발달한 구름 속을 샅샅이 뒤진 가온은 안도했다.

'후발대로 보이는 와이번이 족히 1천 마리는 된다고 했지.'

정찰에 나선 푸토마가 통신기를 통해 파란 고원 쪽에서 와이번 1천여 마리가 이쪽 방향에서 추가로 날아오는 것을 확인했다는 정보를 알려 왔다.

시간을 생각하면 지금쯤이면 이곳까지 날아왔을 텐데 보이지 않는 것으로 보아 선발대 격인 와이번들이 괴멸된 사실을 알아차리고 구름 위로 올라가서 기습할 생각인 것 같았다.

파란 고원의 와이번은 마기를 흡수한 덕분에 보통의 와이번보다 덩치도 크고 비행 능력도 뛰어난 편이다.

물론 플라위스야 그런 와이번들을 가볍게 발라 버릴 수준이지만 말이다.

그래도 수직으로 빠르게 낙하하면서 기습하면 플라위스들도 피해를 입을 수밖에 없었다. 특히 이제 막 성체가 된 녀석들의 경우 아직은 전투 경험이 부족해서 심각한 부상을 입을 가능성이 높았다.

'1천 마리라면 플라위스들이라고 해도 무시할 수 없어.'

아무리 플라위스들이 있다고 해도 와이번 1천여 마리가 작정을 하고 공격을 한다면 갈기족은 엄청난 피해를 입을 수밖에 없었다.

진화에는 이르지 못했어도 마기를 흡수해서 몸집이 커지고 사용할 수 있는 마나의 양도 늘어난 와이번들이 아닌가.

'그래도 한꺼번에 사냥하는 것보다는 낫지.'

이럴 때는 시간이 걸리더라도 각개격파가 최고다.

가온은 플라위스들에게 의념을 전해서 구름 위로 올라갔다.

우기가 임박한 상황이기에 구름은 점점 더 많아져서 층층이 쌓이고 있었다. 그래서 층과 층 사이에는 구름이 없는 공간도 있어 그곳에 자리를 잡았다.

얼마 후 정찰을 위해 소환해두었던 카우마가 의념을 보내왔다.

-오고 있어! 10시 방향이야.

'대형은?'

-세 무리인데 한데 뭉쳐서 이동하고 있어.

잘됐다. 뭉쳐 있을 때 최대한 피해를 입힌 후에 플라위스들로 하여금 처리하게 하면 될 것이다.

'이럴 때 마누가 나서 주면 좋을 텐데 아쉽네.'

자신의 전격 능력에 더해서 마누까지 가세하면 거의 절반은 추락시킬 수 있을 것 같은데 그 점이 좀 아쉬웠다.

추가 보상 때문에 활용할 수 없는 마누의 존재를 안타까워하던 가온의 눈이 어느 순간 빛났다.

'많이 벌었으면 써야지.'

와이번을 대량 살상 할 수 있는 스킬을 찾아볼 생각이 들었다. 목표를 채우려면 아껴야 하지만 투자는 해야 하는 법이다.

'아직은 여유가 있기도 하고.'

지구에도 던전이 생성되는 내용의 예지몽 때문에 반드시 구입해야 할 스킬이 있지만 엄청난 숫자의 마충을 사냥한 덕분에 포인트는 아주 넉넉했다.

  '벼리야, 내 선에서 사용할 수 있는 강력한 전격 마법을 찾아 줘.'

  벼리와 파넬은 마법 연구를 하다가 심심하면 갓상점의 스킬 카테고리를 아이쇼핑 한다고 했다. 그래서인지 바로 대답이 나왔다.

  ─가성비가 뛰어난 마법이 있어요.

  '뭐지?'

  ─선더 마법이에요.

  '선더? 천둥이라면 소리를 의미하는 거 아닌가? 전격이 아닌?'

  ─아닙니다, 온 님. 한국어에서도 '천둥이 친다'라고 표현하는 것으로 봐서는 오래전부터 천둥이란 벼락을 동반한 뇌성을 의미합니다.

  중간에 파넬이 끼어들어서 정확하게 선더 마법에 대해서 설명해 주었다.

  '몇 서클이지?'

  ─서클로는 5서클인데 이런 환경에서는 그 어떤 마법보다 강력해요.

  ─천둥에 앞서 선행하는 벼락은 대상을 직격당하지 않더

라도 주위 공기를 순간적으로 3만 도에 가깝게 올리기 때문에 벼락의 행로 주위에 있는 생물에게 화상을 입힐 수 있으며 고열에 의해 급팽창한 공기가 폭발하듯 급속하게 퍼지며 발생하는 강력한 충격파는 비행 마수인 와이번의 중요한 감각기관인 청각을 잃게 만들 겁니다.

벼리와 파넬의 이어진 설명에 가온의 마음이 동했다.

'그런데 스킬북으로 익히는 것이라 다수를 상대로 제대로 위력을 발휘할지 모르겠네.'

—맑은 날 선더 마법을 사용하면 벼락이 한 대상을 직격하고 땅이나 공기 중으로 흩어지지만 짙은 구름 속에서는 훨씬 더 오래 유지될 겁니다.

—더 강한 전격 마법이 필요하다면 6서클에 해당하는 기가선더를 구입하세요. 선더는 벼락이 한 줄기지만 기가선더는 마력을 더 많이 소모해서 벼락의 갈래를 늘릴 수 있어요.

가온은 파넬과 벼리의 말에 선더 마법이나 기가선더 마법을 구입하기로 결정했다.

'가격은 어떻게 되지?'

—선더는 10만이고 기가선더는 100만이에요.

기가 막히는 가격이다.

'너무하는 거 아니야? 3서클 매직북은 채 100골드도 되지 않잖아.'

참고로 벼리가 말하는 숫자의 단위는 골드가 아니라 수십 배나 높은 명예 포인트였다.

-그건 탄 차원의 마탑들이 플레이어들을 위해서 간편하게 익힐 수 있도록 다운그레이드한 매직북이고요. 갓상점에서 판매하는 매직북은 탄 차원의 그것과 달리 본 서클에 해당하는 위력을 발휘할 수 있어요. 비록 가격이 높긴 하지만 바로 익혀서 사용할 수 있다는 편이성을 생각하세요.

'알았어.'

가온은 벼리의 잔소리가 섞인 설명에 바로 수긍했다. 가격이 열 배지만 지금 가장 효과적인 위력을 발휘할 수 있는 전격 마법은 기가선더다.

가온은 곧바로 갓상점에 접속해서 기가선더 마법을 구입하려고 했다.

그런데 그때 불현듯 떠오른 생각이 하나 있었다.

'잠깐!'

생각해 보니 뇌전신공도 있었다.

'뇌전신공의 활용편도 있지 않을까?'

이제까지 가온은 뇌전신공을 단순히 전격을 방출하거나 흡수하는 데만 써 왔다. 물론 그것만으로도 엄청난 위력을 발휘했지만 가온은 자신이 뇌전신공의 위력을 제대로 발휘하지 못한다고 생각해 왔다.

가온은 황급히 뇌전신공이라는 이름으로 검색을 해 보았다.

'있다!'

뇌룡의 폭주

등급 : A

상세

−천둥을 동반한 벼락 36줄기를 한 번에 방출할 수 있다.

−스킬 레벨이 1레벨일 경우 세 목표를 설정할 수 있으며 레벨이 올라갈 때
마다 3배수로 목표를 설정할 수 있다.

−벼락 한 줄기당 뇌전력 1만이 필요하다.

제한

−뇌전신공을 익힌 존재만이 익힐 수 있다.

가격 : 100만 포인트

보는 순간 감이 왔다. 가온은 바로 스킬을 구입해서 익혀
버렸다.

'한 번에 무려 36만이나 되는 뇌전력이 필요하니 굳이 스
킬을 진화시킬 필요까지는 없어.'

스킬을 진화시키면 한 번에 펼칠 수 있는 벼락 줄기의 숫
자가 늘어날 테지만 대신 소모되는 뇌전력도 늘어날 것이다.

맑고 건조한 환경이라면 모를까 지금 자신이 있는 곳은 습
도가 엄청나게 높은 구름, 그것도 우기에나 볼 수 있다는 수
직형 구름인 적란운 속이다.

즉, 뇌룡의 폭주 스킬이 본래보다 더 강력한 위력을 발휘
할 수 있는 환경이다.

뇌룡의 질주 스킬을 제대로 펼치려면 한 번에 무려 36만이라는 엄청난 뇌전력이 필요하지만 음양기를 실시간으로 뇌전력으로 변환해서 쓸 수 있는 가온에게는 문제가 되지 않았다.

그에게는 무려 900만이 넘는 음양기가 있었다.

-준비해! 선두의 한 무리가 거의 다 도착했어!'

가온은 카오스의 의념에 뇌룡의 폭주를 펼칠 준비를 하며 플라위스들에게도 의념을 보냈다.

'바로 구름층 아래로 내려가서 대기해. 그리고 와이번들이 전격에 몸이 마비되어서 떨어지면 가차 없이 숨통을 끊어 버려!'

레드, 퍼플 등 보스급은 물론이고 그사이에 영성이 트인 플라위스들이 분분히 알았다는 대답을 해 왔다.

가온은 방출했던 마나 파장이 되돌아오며 파악한 정보를 통해 40미터 아래쪽을 날아가는 엄청난 숫자의 와이번을 감지했다.

짙은 구름으로 인해 눈으로는 볼 수 없지만 심안 스킬로 확인한 보스급 한 마리와 중간에 있는 보스급 두 마리를 목표로 설정하고 스킬을 발현했다.

"뇌룡의 폭주!"

푸스스스.

마나오션의 음양기를 끌어내어 성질을 뇌전력으로 변환하

고 몸 밖으로 방출하자 앞쪽에 시퍼런 전광의 구체가 생성되는가 싶더니 이내 36개의 작은 구슬로 분리되고 벼락의 발원점이 되었다. 그리고 벼락들은 순식간에 아래쪽 구름을 향해 내리꽂혔다.

구름을 뚫고 들어간 벼락들은 지그재그로 움직였지만 세 줄기는 정확하게 가온이 설정한 목표를 직격했다. 그리고 나머지 벼락들도 천둥을 동반하며 구름 속으로 퍼졌다.

우르릉! 꽝! 꽈앙!

서른여섯 줄기의 벼락이 구름 속을 시퍼렇게 밝히며 이동하자 요란한 천둥이 뒤이어 초원 전체를 뒤흔들었다.

구름을 뚫어보는 능력을 가진 와이번이지만 하늘 위에서 순식간에 위에서 떨어져 내린 뇌전을 인지할 수 있는 능력은 없었다.

순식간에 와이번 100여 마리가 벼락에 감전되었다. 벼락은 서른여섯 줄기였지만 적란운이 워낙 많은 습기를 머금고 있어 중간에 더 분화가 된 것이다.

100여 마리가 감전되었지만 즉사한 와이번은 없었다. 최상급 비행 마수답게 강력한 뇌전 내성이 있었다.

하지만 강력한 쇼크로 인해서 잠깐 정신을 잃어버릴 수밖에 없었다. 기절한 놈들은 속절없이 땅으로 추락하고 말았다.

나머지도 무사하지 않았다. 천둥의 강력한 충격파에 고막을 비롯한 귀 부위가 손상을 받아서 균형감각을 상실하고 금방이라도 추락할 것처럼 위태롭게 날갯짓을 하며 간신히 날았다.

하지만 벼락과 천둥은 한 차례로 끝나지 않았다.

우르릉! 꽝! 꽈앙!

무려 세 차례에 걸쳐서 구름 위에서 100여 줄기의 벼락이 쏟아지고 세상을 뒤흔드는 굉렬한 천둥이 뒤따랐기 때문에 멀리 떨어져 있는 갈기족은 마치 세상이 붕괴되는 것 같은 공포감을 느꼈다.

벼락에 직격당하지 않은 와이번들은 본능적으로 위험을 감지하고 서둘러 구름층을 벗어나려고 했지만 그보다 벼락 세례가 더 빨랐다. 어느새 구름 속에는 더 이상 와이번을 찾아볼 수가 없었다.

'플라위스들이 뒤처리를 잘하고 있으려나?'

단숨에 구름을 뚫고 내려온 가온은 그야말로 학살을 하는 플라위스들의 모습을 볼 수 있었다.

번개에 직격당해서 즉사한 와이번은 거의 없었다. 대략 20마리 정도만 뇌 속이 새까맣게 타서 죽어 버렸고, 나머지는 순간적으로 기절한 상태로 추락했거나 추락하다가 겨우 정신을 차리고 힘겹게 날갯짓을 했는데, 미리 기다리고 있었던 플라위스들이 빠르게 접근해서 몸에 비해 가는 목을 물어뜯어 죽이고 있었다.

와이번들은 무력하게 당할 수밖에 없었다. 감전으로 인해 신경망이 크게 손상을 받았고 근육의 경련으로 인해 제대로 대응할 수가 없었다.

'뇌룡의 폭주 스킬이 예상한 것보다 훨씬 더 위력이 강력하네.'

수분을 잔뜩 머금고 있는 구름 속이라는 환경 덕분에 벼락이 중간에 분화되어서 예상한 것보다 번개 다발의 숫자가 대략 세 배 정도 늘어난 것이다.

'플라위스들이 제대로 뒤처리를 하네.'

만약 플라위스들이 구름 아래에서 대기하고 있다가 처리를 하지 않았다면 추락하다가 정신을 차린 놈들의 경우 대부분 도망을 쳤을 것이다.

'뇌전력 100만을 사용한 결과라고 생각하면 최상이야!'

단순히 전격을 방출하는 것과는 차원이 달랐다. 목표를 설정할 수 있다는 점이 가장 뛰어났다.

물론 혼트롤의 뿔도 목표를 향해 전격을 방출할 수 있지만 전격의 위력이 비교가 되지 않았다.

마법 저항력은 물론이고 뇌전에도 어느 정도 저항력을 가지고 있는 와이번과 같은 대형 비행 마수, 그것도 변이 중인 와이번을 순식간에 감전시켜 기절하게 만든 것이다.

가온은 그렇게 세 무리의 와이번 1천여 마리를 뇌룡의 폭주 스킬과 플라위스만으로 사냥해 버렸고 그 사체들은 대부분 정령들의 아공간으로 들어갔다.

━━━◆━━━

가온은 그날 하루에만 무려 와이번 3천여 마리를 사냥했다.

나머지 2천여 마리가 추가로 온 것은 아니고 가온이 직접 파란 고원의 북쪽으로 날아가면서 일찍 사냥을 끝내고 귀환하는 와이번 무리를 뇌룡의 폭주 스킬과 플라위스들의 도움을 받아서 차례로 사냥한 것이다.

'오늘은 이만하자.'

가온은 두어 시간 정도면 해가 질 것 같자 사냥을 멈추고 전리품을 확인했다.

'마정석도 좋지만 최상의 구울 재료를 잔뜩 확보했네.'

벼락에 직격당해 뇌가 타 버린 놈들은 마정석을 적출하고 나머지는 플라위스들의 먹이로 주었다.

기절한 상태로 추락했거나 추락하다가 플라위스들에게 사냥을 당한 놈들은 거의 목줄기가 뜯긴 상태로 죽었기 때문에 날개부터 시작해서 부리와 발톱은 아무런 손상이 없었다.

그런 놈들로 구울을 만들면 최상의 전투력을 발휘할 수 있었다.

앙헬이 있었다면 사체를 수거하기가 편했을 텐데 그 점이 무척 아쉬웠다. 땅에 떨어져 죽은 놈들을 상대로 파워드레인 스킬을 펼치면서 일일이 아공간에 넣어야만 했다.

심지어 마정석을 적출할 시간적인 여유도 없었다. 어떨 때는 세 무리를 사냥한 후에야 전리품을 챙길 여유가 난 것이다.

가온은 앞으로 시간이 날 때마다 와이번을 구울로 제련하기로 마음을 먹고 상태창을 확인했다.

워낙 많은 와이번을 사냥해서 그런지 레벨도 13이나 올랐지만 가장 큰 성과는 바로 이번에 익힌 뇌룡의 폭주 스킬이 하루 만에 3레벨이 되어버렸다는 것이다.

'많이 쓰긴 했지.'

쿨 타임도 없었기에 음양기를 뇌전력으로 바꾸어 뇌룡의 폭주 스킬을 반복해서 사용했더니 이런 결과가 나온 것이다.

또한 던전 안과 비교하면 파워드레인 스킬의 효과가 떨어지기는 하지만 사냥한 와이번아 3천여 마리나 되다 보니 음양기가 10만 이상 증가했다.

'하하하. 이젠 10만 정도로는 티도 안 나는군.'

이제 1천만을 앞두고 있는 음양기다. 덕분에 한 번에 36만의 뇌전력을 소모하는 뇌룡의 폭주를 30여 번에 가깝게 연사할 수 있었다.

다른 스텟들도 소량 증가했지만 무엇보다 그의 시선을 잡아끈 것은 바로 명예 포인트였다.

'안 먹어도 배가 부르네.'

7천만을 훨씬 넘는 명예 포인트가 가온을 행복하게 만들었다. 그렇게 많은 포인트를 쌓았으니 앞으로도 뇌룡의 폭주와 같은 스킬을 더 많이 구입할 수 있게 되었다.

전리품을 확인한 가온은 지금쯤이면 이동을 멈추고 갈기족이 만들었을 숙영지로 이동하려다가 마음을 바꾸었다.

'파란 고원을 제대로 정찰해야겠어.'

던전 얘기는 진작에 들었지만 초원을 제대로 정찰해 본 적이 없었기에 내린 결정이다.

가온은 오늘 내내 수고한 플라위스들을 위해서 녀석들이 가장 좋아하는 뤼나웜 심장과 엘프의 눈물을 보상으로 주고 녀석들이 원하는 대로 전용 아공간에 집어넣지 않고 이 근처에서 놀고 있으라고 명령을 내렸다.

'전용 아공간이 아니라 생명의 아공간을 활용해 볼까?'

전용 아공간은 시간이 흐르지 않는다는 점이 장점이자 단점이다.

즉, 녀석들이 지친 상태로 그 안에 들어가면 다시 나올 때도 그 상태 그대로였다. 또한 그 안에서는 번식 행위도 할 수가 없어서 새끼도 가지기 힘들었다.

'나중에 네 부족과 함께 상의해 봐야겠군.'

현재까지 확장된 공간의 가장 외곽 쪽에 거대한 산맥이 있는 것 같다는 얘기를 들은 적이 있었다.

거기라면 플라위스들이 잘 지내지 않을까 싶은데 문제는 먹이다. 워낙 몸집이 커서 한 번에 먹는 양도 어마어마했기 때문이다.

게다가 변이한 마수라서 그런지 기본적으로 마정석을 품은 놈들을 먹잇감으로 선호했다. 그런 면에서 보면 생명의 아공간은 녀석들의 거처가 되기에 부적합했다.

가온은 일단 휴식과 연공을 통해서 피로와 음양기를 회복한 후 파란고원으로 향했다.

공중에서 본 파란 고원은 한때 갈기족이 모두 모여서 살았을 정도로 굉장히 컸다.

완벽한 구형은 아니지만 반지름이 대략 100킬로미터에 달해서 1천만 명 정도는 충분히 감당할 수 있는 넓이였다.

높은 산은 없었지만 고도가 500미터 남짓의 급경사를 가진 산들이 중앙과 북쪽 그리고 서쪽에 산맥처럼 이어져 있었고 그곳에서 흘러내린 물은 여러 개의 호수에 모였고 작은 강들을 통해서 고원 밖으로 흘러나가고 있었다.

물길이 발달해서 그런지 고원은 초원과 달리 상당한 면적이 울창한 숲이었고 와이번이라는 존재에도 불구하고 수많은 초식동물들이 서식하고 있었다. 물론 설치류처럼 몸집이 작아서 와이번의 관심 밖인 놈들이었다.

'사람들이 살기에 아주 좋은 곳이네. 고원 자체가 초원에 비

해서 그리 높지 않아서 기후가 확 다르지도 않을 것 같은걸.'

고원은 주위보다 대략 200여 미터 정도 높았지만 물길이 거의 없는 초원과 달리 물길들이 잘 발달해 있어서 목축은 물론 농사도 가능할 것 같았다. 초원에서 사람이 살기에 가장 적합한 곳이었다.

'왜 저런 곳을 두고? 아니지. 와이번이 자리를 잡으면서 떠났다고 했던가.'

자신처럼 비행 아이템이 있거나 플라위스와 같은 종속된 존재가 없다면 최상위 비행 마수인 와이번을 효과적으로 사냥할 수 없으니 떠나는 것이 정답이기는 했지만 그 이후 갈기족이 겪은 일들을 생각하니 새삼 와이번을 완벽하게 정리해야겠다는 생각이 들었다.

와이번의 서식지는 들은 대로 고원의 산봉우리들이었다. 높지 않은 산임에도 불구하고 유난히 뾰족하게 솟은 암봉(巖峯)마다 사냥을 끝내고 돌아올 부모를 기다리는 새끼들이 꽤 많이 보였다.

'꽤 크긴 했지만 저 새끼들은 곧 죽겠지?'

와이번도 무리 생활을 하지만 부모를 잃은 새끼의 운명은 정해져 있다.

교육을 받은 인간도 부모를 잃은 이웃의 아이를 챙기지 않는데 마수인 와이번이야 당연히 자신의 새끼가 아니면 챙기지 않는다. 결국 굶어 죽을 수밖에 없었다.

가온은 사냥을 마치고 부리나 발톱에 뭔가 쥐고 돌아오는 와이번들을 내려보며 이제 던전을 찾아야 할 때라고 생각했다.

　그런데 알테어의 의념이 전해지는 바람에 그 자리에 멈췄다.

　ー주인님, 그냥 떠나실 겁니까?

　'그럴 생각인데, 왜?'

　ー와이번은 무리 생활을 하는 놈들입니다. 평소에는 소규모 단위로 무리를 이루고 먹이를 두고 서로 죽일 정도로 심하게 싸우는 놈들이지만 위험이 닥치면 대규모로 무리를 이루어 대응하는 특성을 가지고 있습니다. 또한 과정은 알 수 없지만 큰 무리가 되었을 때는 그에 합당한 보스가 탄생하고요.

　가온은 알테어가 무엇을 얘기하는지 금방 눈치챘다.

　'오늘 내가 사냥한 3천 마리가 귀환하지 않는다면 나머지가 제대로 대응할 것이다?'

　ー네. 이곳에만 새끼가 대략 1천여 마리가 있는 것으로 보아서 고원 전체의 성체 와이번은 갈기족이 파악한 것과 달리 5천에서 6천 마리는 더 있을 것으로 보입니다. 새끼까지 합하면 거의 1만은 될 겁니다.

　갈기족 전사들은 와이번의 숫자를 5천여 마리일 것으로 추정했다.

하지만 알테어가 파악한 대로라면 1만이 넘는 것이다.

무엇을 근거로 그렇게 판단한 것인지는 알 수 없지만 만약 알테어의 말대로 된다면 나머지 와이번을 정리하는 것은 힘들게 된다.

—아마 내일부터는 무리가 함께 움직일 가능성이 아주 높습니다.

5천에서 6천에 달하는 성체 와이번들이 동시에 갈기족을 공격한다면 아무리 가온과 플라위스들이 있다고 해도 엄청난 피해를 입을 수밖에 없었다.

'그럼 오늘 처리해야겠군.'

—그렇습니다. 지금이 적기입니다. 차라리 모두 돌아오지 않은 지금 정리를 시작하십시오. 그리고 지금처럼 몇 마리씩 돌아오는 놈들을 사냥하는 겁니다.

'구름 속에서 쓰는 것보다 뇌룡의 폭주 스킬이 위력이 떨어지기는 하겠지만 어쩔 수 없지.'

시간과 노력이 많이 필요하겠지만 가온은 알테어의 조언을 전폭적으로 받아들이기로 했다.

가온은 일단 아레오와 아나샤에게 늦을 거라는 의념을 보내고 비약과 연공을 통해서 음양기를 회복하는 데 최선을 다했다.

가온은 일단 중앙에 있는 작은 산맥의 한 봉우리 주위에 은신한 상태로 와이번들을 기다렸다.

'온다!'

알테어가 말한 그대로다. 와이번들은 같은 시간에 한꺼번에 돌아오지 않았다. 무리별로 돌아오고 있었다.

투명날개를 장착하고 은신 스킬까지 써서 놈들을 따라가서 완전히 마음을 놓았을 때 뇌룡의 폭주를 사용했다.

일부러 새끼들에게 손을 쓰지는 않았다. 새끼들이 죽어 있으면 잔뜩 경계를 할 테니 말이다.

3레벨이 된 뇌룡의 폭주로 인해서 아홉 마리까지는 목표 설정이 가능했다.

나머지야 무작위로 움직이지만 우기가 가까워서 습도가 높아지기도 했지만 놈들이 사냥한 동물의 사체는 모두 피를 흘렸거나 피에 젖은 상태라 번개를 피하는 와이번은 거의 없었다.

그 후에는 감전되어 기절한 놈들을 마나탄으로 처리하면 끝이었다.

간혹 이삼백 마리나 되는 대형 무리가 있었지만 뇌룡의 폭주 스킬은 쿨 타임이 없었고, 번개의 매개가 되는 피가 있었기에 시간이 좀 걸릴 뿐 어려운 사냥은 절대로 아니었다.

'와이번을 이렇게 쉽게 사냥할 수 있게 되다니.'

격세지감이 느껴졌다.

물론 이 세계로 건너오기 전에도 와이번 정도는 충분히 사

냥할 수 있었지만 이렇게 대규모 무리를 홀로 빠르게 사냥할
수 있을 정도는 아니었다. 새삼 모둔과 앙헬을 포함한 영혼
의 반려자들이 고마웠다.

물론 주위 봉우리의 와이번 새끼들이 그 광경을 목격했지
만 아직 날지도 못하는 놈들이 할 수 있는 일은 없었다. 공포
에 질려 제대로 악을 쓰지도 못했던 것이다.

그렇게 가온은 해가 질 때까지 중앙의 산맥에서만 무려 와
이번 2천여 마리를 사냥했다. 그중에는 보스급에 해당하는
놈들도 스무 마리가 넘었다.

'이 밤까지 돌아오지 않는 놈들은 없겠지.'

그제야 공포에 질려 떨고 있는 새끼들을 모두 처리했다.

날지도 제대로 걷지도 못하는 새끼들은 마나탄이면 충분
했다.

이제 북쪽 산맥과 서쪽 산맥이 남았다. 음양신공과 청류심
법을 연공하고 소모한 음양기를 모두 회복한 가온은 뇌룡의
질주 스킬의 상태가 변했다는 사실을 확인했다.

'뇌룡의 질주 스킬이 4레벨이 되었네.'

이제부터는 번개의 목표를 18개로 설정할 수 있었다. 서른
여섯 다발의 벼락 중 절반은 무조건 목표에 적중한다는 얘기
다. 아주 쓸 만한 광역 스킬이 되어 버린 것이다.

'여기에 염력까지 사용하면 서른여섯 줄기의 벼락 중 3분
의 2는 목표를 직격할 수 있어!'

이제 남은 것은 서쪽과 북쪽의 와이번 무리다. 사냥을 끝내고 둥지로 돌아온 놈들이 대상이다.

'내일 새벽까지 와이번들을 모두 처리한다!

가온은 밤을 새울 작정이다. 보초를 서는 놈들이 있기는 하겠지만 와이번은 주행성이라서 밤눈이 어둡다.

'굳이 뇌룡의 질주를 많이 펼칠 필요도 없어. 투명화 스킬과 은신 스킬을 사용하면 내 존재를 알아차리지 못할 테고 경계하는 놈들만 처리하고 나면 어둠 속에서 날아드는 마나탄을 제대로 피하거나 대응할 수 있는 놈들은 거의 없을 테니까.'

가온은 투명날개를 장착한 상태에서 투명화 스킬로 존재를 완전히 감춘 상태로 다음 목적지인 서쪽 산맥으로 날아갔다. 그리고 새벽까지 파란 고원의 산지에서는 그야말로 학살이 벌어졌다.

마충 던전

학살은 새벽까지 길게 이어졌다.

어둠에 잠긴 파란 고원의 서쪽과 북쪽 산지들에서는 수시로 번개가 내리쳤고 와이번들의 비명이 이어졌다.

와이번이 제아무리 최상급 비행 마수이고 수십, 수백 마리가 서식하는 둥지에 있다고 해도 곯아떨어진 상황이니 경계를 서는 놈들이 사라진 후에 쏟아지는 번개와 마나탄은 피하지 못했다.

거의 8시간에 걸쳐서 고원 곳곳을 이동하며 와이번들을 사냥한 가온은 휴식을 하면서 상태창을 열어 보고는 심신의 피로도 느끼지 못할 정도로 만족했다.

이제 레벨은 무려 572가 되었고 파워드레인 스킬 덕분에 음양기와 마력이 꽤 증가했다.

'이제 와이번도 레벨 상승에 크게 도움이 되지 못하네.'

사냥한 와이번이 3천여 마리의 새끼를 포함해서 1만이 넘지만 생각보다 레벨업은 기대에 못 미쳤다.

'그만큼 내가 강해진 거지.'

이제 남은 것은 이 고원에 있는 던전을 찾아서 클리어하는 일인데 가온의 생각으로는 어렵지 않을 것 같았다.

'아마 던전의 주인은 마충일 확률이 아주 높아!'

만약 마족 던전처럼 강력한 마수와 몬스터가 서식했다면 고원 근처에 이렇게 다양하고 많은 동물이 서식하고 있을 리가 없다.

물론 생성된 지 얼마 되지 않아서 안에 서식하는 마수나 몬스터가 아직 던전을 빠져나오지 못한 경우가 있을 수도 있지만 갈기족 사람들의 말을 들어 보면 그럴 가능성은 별로 없었다.

'만약 여기에 있는 던전이 등급이 높았다면 제국이나 왕국들이 모를 리가 없지.'

던전의 존재가 알려진 후 초원에는 제국과 왕국들이 파견한 수많은 모험가들이 횡행했다. 그들의 발길이 파란 고원에 닿지 않았을 리가 없다.

와이번의 숫자가 어마어마하기는 하지만 인간의 욕심은 능히 와이번이 주는 공포감을 이길 수 있었다.

어쨌거나 그런 이유로 가온은 파란 고원의 던전은 크게 위험하지 않을 거라고 거의 확신했다.

'더 늦으면 걱정하겠다. 이제 숙영지로 돌아가자.'

그렇게 단 하루 만에 초원의 주인인 갈기족들이 가장 두려워하는 와이번은 초원에서 사라졌다.

아직 해가 뜨기 전에 숙영지에 복귀한 가온은 그날은 이동을 멈추게 하고 자신의 막사에서 나오지 않고 하루 종일 휴식을 했다.

명상과 연공으로 피로를 풀고 음양기를 회복했지만 심력을 많이 썼는지 몸 상태가 별로 좋지 않았다.

갈기족 지도부는 그런 가온의 칩거에 걱정이 많았는데 아레오와 아나샤가 나와서 하는 말에 경악했다.

"억터르텐께서 파란 고원의 와이번들을 사냥하거나 멀리 쫓아 버렸단 말입니까?"

"그렇게 말씀하셨어요."

믿을 수 없는 말이었지만 그동안 그들이 본 가온은 헛말을 할 사람은 절대로 아니었다.

"내일은 고원의 던전을 공략하신다고 하니 마음을 놓고 이곳에서 기다리면 될 것 같아요."

처음에는 당연히 가온의 말을 믿지 못했던 갈기족 사람들은 시간이 지나도 와이번이 나타나지 않자 하나둘 그의 말이 사실임을 확신했고 곧 숙영지의 분위기는 그 어느 때보다 훨씬 더 밝아졌다.

다음 날 아침, 좁은 의미에서 자신의 사람이라고 할 수 있는 아레오, 아나샤, 헤알, 차링을 대동하고 파란 고원으로 향했다.

다른 사람들도 함께 가기를 원했지만 투명날개를 장착하고 날아서 가기로 했기 때문에 여분의 자리가 없었다.

구조물을 몸에 고정한 가온은 마치 새처럼 자연스럽게 날갯짓을 해서 빠르게 파란 고원으로 진입했다.

일행은 혹시라도 와이번이 나타날까 사방을 긴장한 얼굴로 사방을 훑었지만 고원의 중심부에 도착할 때까지 그 어떤 와이번도 보지 못했다.

'정말 온 랑이 와이번을 모조리 사냥한 것이 아니라면 이럴 수는 없어!'

아레오와 아나샤는 당연히 가온의 말을 믿기는 했지만 그가 혼자서 와이번을 모조리 사냥하지 않았다면 이렇게 와이번이 안 보일 리가 없었다.

"정말 와이번이 안 보이네요!"

"정말 온 랑이 혼자서 모조리 사냥해 버린 거예요?"

어제 그렇게 말했지만 아레오는 믿어지지 않는 모양이다.

"그렇다니까."

가온은 사람들이 아는 대로 와이번이 5천에서 7천여 마리가 아니라 1만 마리 이상이 이곳에 서식했다는 사실은 굳이 밝히지 않았다.

그것만으로도 아레오나 아나샤까지 믿기 힘들다는 반응이었기 때문이다.

"온 님이 강한 건 알지만 정말 믿기지가 않네요."

"저도 황당하기까지 하지만 그래도 온 님은 빈말을 하지 않는 분이니 믿을 수밖에요."

아무리 가온이 미스릴 급을 초월하는 강자라고 해도 최상위 비행 마수인 와이번을 단 하루에 5천 마리 이상을 사냥했다는 사실은 네 사람으로서도 믿기가 힘들었다.

하지만 눈앞에 그 증거가 있으니 안 믿을 수가 없었다.

고원의 중북부에 작은 산맥을 형성하고 있는 산들을 몇 바퀴나 크게 선회했지만 와이번이 머물렀던 흔적만 보일 뿐 와이번은 전혀 보이지 않았다.

"그런데 던전을 어떻게 찾죠?"

던전의 게이트는 게이트가 활성화되었을 때는 멀리에서도 알아볼 수 있지만 보통의 경우에는 가까이 접근해야 확인할 수 있는 경우가 대부분이다.

"이제부터 찾아봐야지."

가온은 고도를 낮추어 외곽에서부터 동심원을 그리며 날면서 육안으로 살펴볼 생각을 하고 있었다. 그래서 찾는 데만 오늘 하루를 투자해야 할 거라고 생각하고 있었다.

　그런데 의외로 던전을 빨리 찾았다. 차링 덕분이었다.

　"온 님, 저기가 좀 이상해요!"

　차링이 가리키는 곳은 고원의 북동부 끝자락이었다.

　"뭐가 이상해?"

　"아레오 언니, 잘 봐요. 주위는 아무것도 없는데 갑자기 저쪽에서 황갈색의 연기 같은 것이 나타나잖아요."

　차링의 대답에 아레오가 집중해서 살펴보니 과연 그 말이 맞았다.

　"어멋! 연기가 움직이네. 범위도 넓어지고. 아! 온 랑, 저거 마충이에요!"

　아레오가 놀라 소리쳤다.

　그사이에 빠르게 그쪽 방향으로 날아간 가온 일행은 어느 한 곳에서 황갈색의 연기처럼 보이는 마충 무리가 나오고 있는 것을 확인할 수 있었다.

　'과연 저 던전은 마충 던전이었어!'

　안으로 들어가서 확인해 봐야 알겠지만 예상이 맞을 것이다.

　마충 무리와 근접하자 아래로 내려가서 일행의 몸을 고정시킨 구조물을 내려놓은 가온은 본능적으로 고원 밖으로 움직이고 있는 마충 무리 속으로 들어가서 마기를 방출했다. 그리고 곧바로 선와술을 펼쳤다.

소용돌이는 불과 5초 만에 사라졌지만 그 결과는 엄청났다. 일행의 눈앞을 가득 채우고 있었던 마충이 모조리 소용돌이의 구멍 속으로 빨려 들어가 버리고 만 것이다.

마충이 사라지자 물결치듯 일렁이는 마나 파장으로 이루어진 게이트를 확인할 수 있었다.

"던전이 확실하네요. 어떻게 하실래요?"

지난번에 마충을 사냥할 때 소드커튼을 연달아 펼쳐서 가장 많은 마충을 검으로 사냥한 헤알이 물었다.

"안에 뭐가 있는지 알 수 없으니 일단 나오는 마충들부터 처리를 한 후 흐름이 끊기면 들어가 봅시다."

헤알과 차링은 당장이라도 던전에 들어가고 싶었지만 가온의 말에 급한 마음을 진정시켰다.

던전에 들어가서 내부를 확인하는 것도 중요했지만 어떤 마수가 나오는지 파악하는 것이 먼저였다.

만약 혼울프와 같은 마수라도 엄청난 숫자가 나온다면 당장 돌아가서 갈기족 전사들을 끌고 와야만 했다.

그때부터는 던전과 좀 떨어진 곳에 자리를 잡고 기다리는 시간을 가졌다.

1시간 정도가 지나자 던전의 게이트에서 또 다른 마충 무리가 빠져나오기 시작했는데 이전에 처리했던 놈들과 규모가 비슷했다.

"한 마리라도 놓치면 어떤 상황이 벌어질지 알 수 없으니 마충은 내가 처리하겠소."

가온은 마충이 더 이상 빠져나오지 않을 때까지 기다려서 선와술을 펼쳐 마충을 처리했고 그 후로도 정오가 될 때까지 네 번에 걸쳐서 선와술을 펼쳐 마충을 모조리 아공간으로 집어넣었다.

그 후 더 이상 나오는 마충은 없었다. 마충은 끊임없이 나오는 것이 아니라 수천만 마리가 무리를 이루어 시간 차를 두고 던전을 빠져나왔다.

가온은 혹시 몰라서 정령들로 하여금 이미 던전을 빠져나 갔을지도 모르는 마충 무리를 찾아보게 했는데 다행히 30킬 로미터 이내에는 없었다.

정오가 되자 가볍게 배를 채운 일행은 가온을 선두로 던전 안으로 진입했다.

게이트를 통과한 가온은 자신도 모르게 살짝 인상을 썼다. 지난번 마족 던전에 들어갈 때와 달리 별다른 안내나 설명이 없었기 때문이다.

'뭐지?'

의아한 눈으로 던전을 둘러보던 가온은 고개를 끄덕였다.

"어멋! 던전이 왜 이렇게 작지?"

"작기도 하지만 아무것도 없어."

뒤이어 들어온 사람들은 던전의 크기와 환경에 많이 놀랐

다. 던전 내부 공간은 기껏해야 파란 고원의 10분의 1 정도
에 불과했고 높이도 채 100미터 되지 않았다. 또한 보이는
것이라고는 황갈색의 초지가 전부였다.

"아무것도 없는 건 아닌 것 같아요. 저기 꼬물거리며 움직
이는 것들을 봐요."

"애벌레네. 마충의 애벌레인가 봐요."

"저쪽을 봐요. 크기는 작지만 마충과 똑같아요!"

차링의 말에 풀을 유심히 살펴보니 수많은 황갈색의 애벌
레들이 거의 남지 않은 풀잎을 갉아 먹고 있거나 이제 막 탈
피한 것으로 보이는 마충들이 보였다.

그리고 풀 사이로 보이는 흙은 미색의 제법 큰 알이 가득
했다.

그러고 보니 보이는 곳이 온통 마충의 애벌레와 새끼 마충
들 천지다. 동행한 이들이 모두 여자여서 그런지 눈살을 찡
그리며 징그럽다는 의사를 온몸으로 표현했지만 가온은 달
랐다.

'대박이다!'

영약이나 다름없는 알과 애벌레는 물론이고 포인트 덩어
리인 성충들까지, 마충은 최소한 가온에게는 보물이었다.

"마충 말고는 딱히 위험한 게 없는 것 같으니 이렇게 합시
다. 네 사람은 게이트에 자리를 잡고 결계와 함께 던전을 빠
져나가려는 마충을 막으시오. 나는 차원석의 위치를 찾아보

겠소."

본래라면 가온과 떨어질 생각이 전혀 없는 네 여인은 즉시
고개를 끄덕이며 신성진을 칠 준비를 했다.

마충도 그렇지만 눈에 들어오는 온 초지에 기어 다니는 애
벌레와 마충이 가득하니 차마 던전 안쪽으로 들어갈 마음이
들지 않았다.

"언니, 결계보다는 신성진이 나을 것 같아. 마기를 가진
마충이니 신성진이라면 쉽게 접근하지 못할 거야."

아레오도 몸을 보호하는 결계를 칠 수 있었다.

스노족의 헤르나인과 친하게 지내는 동안 간단한 결계 몇
개를 배운 것이다, 가온도 그 사실을 알기에 결계를 언급한
것이고.

아나샤가 세 사람의 도움을 받아서 마충을 막을 수 있는
신성진을 치는 것을 확인한 가온은 천천히 던전 안쪽으로 걸
어 들어갔다. 크지도 않으니 비행을 하지 않고 걸어서 던전
을 살펴보려는 것이다.

탁! 탓!

풀을 갉아 먹고 있던 마충들이 가온을 향해 몰려들었다.
마기를 발산한 것은 아니었지만 새로운 먹이에 이끌린 것
이다.

하지만 마충들은 곧 사방으로 흩어졌다. 가온의 몸에서 신
성한 빛이 터져 나오면서 머리 뒤쪽에 눈이 멀 것 같은 휘광

이 떠올랐기 때문이다.

'이제 마충이 귀찮게 할 일은 없겠지.'

신성력은 마충의 상극이라 감히 접근할 수 없었다.

'마력 탐색!'

초당 3의 마나를 소모하여 사방 10미터 반경에 있는 생명체와 마력의 흔적을 탐색하는 스킬을 펼쳤다. 눈에 보이는 것이 전부가 아닌 것 같았기 때문이다.

마력 탐색 스킬을 펼친 채로 천천히 걷던 가온의 눈이 어느 한순간 강렬해졌다.

마력은 아니지만 강한 에너지가 느껴지는 지점에 도착한 가온은 아래쪽을 유심히 살폈다.

'지면 아래 4미터 지점에 마기를 발산하는 고형체가 있구나.'

하지만 당장 파내어 확인하지는 않았다. 다만 심안 스킬까지 펼쳐서 계속 방출하는 마나 파동을 통해 일련의 반응을 살펴보았다.

'호오! 지하의 고형체가 방출하는 마기가 이제 막 알에서 부화한 애벌레와 성충에게 흡수되는군.'

이제야 왜 알에는 마기가 없는지 알 수 있었다.

그렇게 가만히 지켜보니 마기의 영향은 그게 전부가 아니었다.

알이 부화해 애벌레가 되고 마침내 성충이 되는 성장 기간이 엄청나게 짧다. 눈에 보일 정도로 빠르게 성장하고 있었다.

'마기가 성장을 촉진하는 건가?'

고형체가 방출하는 마기에 영향을 받는 것은 마충만이 아니었다. 풀 역시 엄청난 속도로 자라고 있었다.

'그래서 이렇게 많은 애벌레와 마충이 갉아 먹고 있는데도 풀이 일정하게 유지되는군.'

풀을 대상으로 마력 파동을 방출하자 풀잎에서도 강한 마기가 느껴졌다.

'아니, 풀이 아니라 땅 전체를 마기화시키고 있는 거야.'

풀은 단 한 종밖에 없었다. 다른 풀은 마기화된 땅에 제대로 뿌리를 내리지 못했던 모양이다.

더 주위를 돌아보자 4미터 간격으로 마기를 방출하는 고형체가 지하에 묻혀 있었다.

'대체 이게 뭔데 이렇게 많이?'

땅속에 묻혀 있는 고형제는 마기를 방출하는 것으로 보아 마정석인 것 같은데 던전 전부가 이곳과 마찬가지라면 숫자가 상상을 뛰어넘을 정도로 많았다.

'대체 누가?'

이 던전은 자연적으로 발생한 것이 아니라는 데 목숨을 걸 수도 있었지만 그 이상을 추론할 수 있는 것이 전혀 없었다.

'그런데 보스와 차원석은 어디에 있는 거지?'

이번에는 투명날개를 장착하고 던전을 동심원을 그리며 찾아봤지만 처음 봤던 것처럼 이 던전에는 풀과 마충 외에는 아무것도 없었다.

'참으로 희한하네.'

보스가 없는 던전도 있는 걸까?

그건 그렇다고 치더라도 차원석도 보이지 않으니 기가 막힐 노릇이다.

가온은 던전의 외곽부터 더 거리를 좁힌 동심원을 그리며 샅샅이 찾아봤지만 차원석은 끝내 찾을 수가 없었다. 물론 이 던전의 주인이라고 할 수 있는 보스의 존재 역시 감지할 수가 없었다.

결국 가온은 던전의 중심부에 자리를 잡고 쉬면서 벼리와 파넬 그리고 알테어에게 도움을 청했다.

-오빠, 땅속에 묻혀 있는 것은 마정석이 아니라 차원석 같아요.

-방출하는 파장으로 보아 마기를 다량 포함하고 있지만 차원석이 맞습니다.

벼리와 파넬은 먼저 가온이 발견한 땅속의 고형체가 마기를 방출하는 것은 맞지만 마정석과 같은 종류가 아니라 차원석이라고 했다.

 -수많은 차원석으로 만들어진 던전이 있다는 소리는 몇 번 들어 본 적이 있습니다. 그런 던전의 경우 보스가 따로 없다고 들었습니다.

 역시 오랜 세월을 살아온 알테어가 가장 깊이가 있는 얘기를 꺼냈다.

 '이런 던전도 있다고?'

 -네. 골드드래곤이 말하길 차원석이란 본디 한 차원이 모종의 이유로 부서질 때 우연하게 만들어지는 에너지의 집약체로, 물질에 불과하지만 다른 세상의 일부를 끌어들여 차원을 융합하는 능력을 가지고 있다고 합니다.

 '그런데?'

 차원석이 그런 효과를 발휘한다는 사실은 놀랍지만 가온이 지금 궁금한 것에 대한 해답은 아니다.

 -그래서 능력이 인간을 초월한 존재들은 차원석으로 아공간 아이템을 만들기도 합니다. 아공간이라는 것도 결국 일정한 크기의 세상이니까요. 물론 엄밀하게 말하면 아공간 주머니와 같은 아이템의 공간과 차원석으로 만든 공간은 다릅니다.

 '어떻게 다르다는 거지?'

 이제까지 알고 있던 아공간과는 개념이 다른 내용이 언급되자 호기심이 강하게 동했다.

－일반적인 아공간 아이템은 마법과 마나석을 이용해서 만들어진 가상의 공간입니다. 당연히 생물체는 들어갈 수 없고 시간의 흐름도 없습니다.

그게 지금까지 가온이 알고 있는 아공간의 개념이었다. 아공간 주머니는 게임에 나오는 인벤토리를 확장시킨 개념이다.

－하지만 차원석으로 만들어진 아공간은 생물체가 살 수 있는 공간입니다. 그리고 차원석은 영혼과 반응하기 때문에 신과 같은 지고(至高)한 존재만이 차원석으로 그런 공간을 만들 수 있지요.

'그럼 알테어는 던전이 일종의 아공간이라고 생각하는 거야?'

－맞습니다.

'그럼 신격을 가진 존재들이 던전을 만들었다고?'

－그건 아닌 것 같습니다. 골드드래곤은 차원이 부서지면 그 과정에서 나오는 에너지가 모여서 차원석들이 생성되어 새로운 차원으로 들어가고 그 차원에 자신을 중심으로 한 공간을 만들어 내는 과정에서 다른 차원의 일정 공간을 끌어온다고 했습니다. 그리고 그 끝은 수많은 차원이 중첩되어 결국 차원석이 자리를 잡은 차원은 산산이 부서지게 된다고 했습니다.

'누군가의 의지가 개입되지 않은 상황에서 그런 일들이 벌

어진다는 건가?'

　—골드드래곤은 그것이 우주의 이치 중 하나라고 했습니다. 오래된 차원이 부서져야 새로운 차원이 탄생하는데, 차원을 붕괴시키고 생성하는 일을 차원석이 맡고 있다고요.

'하아! 에너지 불변의 법칙이 우주 전체에도 적용이 된다는 것인가?'

어찌 생각하면 충분히 이해할 수 있는 얘기였지만 막상 받아들이기는 어려운 내용이었다.

'차라리 마계의 마신과 같은 존재가 세상을 멸망시키기 위해서 차원석을 뿌렸다고 하면 이해가 갈 텐데.'

　—그런 일이 없는 것도 아닙니다.

'응? 그게 무슨 말이야?'

　—세계는 수많은 차원으로 이루어져 있습니다. 마계에도 수많은 차원이 있다는 거지요. 하지만 그 모든 차원이 마계는 아닙니다. 즉, 마족들이 제대로 활동할 수 없는 차원들도 부지기수입니다. 던전 밖 세상처럼 신들이 있는 차원들은 마족이라고 해도 함부로 힘을 투사할 수가 없습니다. 일단 차원을 여는 에너지가 어마어마해서 마계의 존재가 직접 건너오긴 불가능에 가깝습니다.

'그래서 소환이라는 형식을 빌려 강림하는 건가?'

　—그렇습니다. 강림의 경우에는 부분적으로 물질화가 가능한 영체 형태로밖에 소환될 수밖에 없어서 본신의 능력을

일부만 사용할 수 있습니다. 그렇지만 지난번에 주인님이 소멸시킨 뢰벨르와 같은 마족은 오랜 시간에 걸쳐서 본체가 직접 건너온 경우에 해당합니다.

'그렇군.'

−아무튼 차원석도 크기가 각기 다를 것은 분명하고 작은 차원석들이 모여서 이런 소형 던전을 생성하는 것도 충분히 가능합니다.

'그럼 이런 던전은 작은 차원석 모두를 부수거나 챙겨야만 클리어가 되는 건가?'

−그렇습니다. 그리고 던전이라고 해서 모두 마기를 품은 생물만 서식하는 것도 아닙니다. 그래서 골드드래곤의 생전에 드래곤을 이끌던 로드의 경우 아예 던전을 자신의 영혼에 연결을 시키고 수시로 들어가서 수련을 했다고 합니다.

가온은 자신이 탄 차원의 고대 유적에서 보상으로 획득한 생명의 아공간을 떠올렸다. 차원석으로 공간 확장이 가능하고 시간 흐름도 조절할 수 있으며 생명체가 살 수 있는 특수한 아공간이다.

'그래! 분명히 설명 중에 알 수 없는 차원에서 건너온 능력자가 남긴 유물이라고 했어.'

보석 형태로 손에 닿자 순식간에 몸에 녹아들었고 그 직후 생명의 아공간이 영혼과 연결되었다는 사실을 알 수 있었다.

'알테어, 그렇다면 내가 이 던전을 영혼과 연결시킬 가능

성은 없을까?'

가온은 이 던전이 너무나 마음에 들었다. 마기야 자신에게 아무런 문제도 되지 않았고 이 던전만 있으면 주기적으로 대량의 명예 포인트를 획득할 수 있었기 때문이다. 그래서 소멸시키지 않고 소유하고 싶었다.

─그건 제가 알 수 없지만 젬 형태의 특수한 아이템이 있으면 가능한 것으로 알고 있습니다.

'젬이라고?'

생명의 아공간을 담고 있었던 보석이 떠올랐다.

─네. 언제 그 얘기를 들었는지 생각은 안 나지만 골드드래곤의 혼잣말에 그런 내용이 있었다는 것은 기억납니다.

'고마워! 큰 도움이 되었어.'

─뭘요. 주인님께 도움이 되어서 다행입니다.

그렇게 알테어와의 연결이 끊어지자 가온은 다시 한번 그를 위해 제대로 된 육체를 찾아 주어야겠다고 마음먹었다.

─오빠!

그때 벼리가 가온을 불렀다.

'응, 벼리야.'

─파넬이 갓상점에서 그런 보석을 본 것 같다고 해서 찾아봤는데, 있어요!

'이 던전을 내 영혼과 연결시킬 수 있는 거 맞아?'

─네. 다만 가격이 무척 높아. 5천만 포인트예요.

벼리의 말대로 꽤 비싸긴 했지만 주기적으로 마충을 처리해서 벌어들일 수 있는 포인트를 생각하면 그렇게까지 부담스러운 것은 아니다.

가온은 곧바로 갓상점에 접속해서 벼리가 알려 주는 대로 해당 상품을 찾았다.

'있다!'

역시 벼리가 말한 대로 아이템 카테고리에 '아공간 젬'이라는 이름으로 등록이 되어 있었다.

아공간 젬

등급 : 데미갓

상세

－알 수 없는 능력자가 만든 공간 전용 아이템으로 생물체가 살 수 있는 사방 100킬로미터의 공간을 봉인할 수 있다.

－아공간의 중심부에 젬을 두고 마나를 주입하는 것만으로 해당 공간을 젬 안에 봉인할 수 있다.

－젬을 흡수하면 영혼과 자동으로 연결되며 언제든 의지로 젬 안의 공간을 드나들 수 있다.

－젬의 아공간은 원 차원의 기상현상이 적용되며 차원석을 추가할 때마다 매번 10배로 확장된다. 다만 이미 원래 차원에서 분리된 공간의 경우 크기는 늘어나되 본 차원에 영향을 미치지 않는다.

'이런 아이템이 있을 줄이야!'

이 우주는 얼마나 광대한 것일까? 신의 능력을 발휘할 수 있는 이런 아이템이 버젓이 팔리고 있고 그 누군가는 만들고 있으니 말이다.

이제는 자신이 지금 가상현실게임인 어나더 문두스를 플레이하고 있는 것인지 아니면 실제 세상을 살고 있는지 전혀 구분할 수가 없었다.

가온은 3억 명예 포인트를 모으겠다는 자신의 목표가 떠올라 잠깐 고민했지만 이내 결정을 내리고 바로 아공간 젬을 구입했다.

'다행히 그 정도는 되는군.'

선와술로 마충을 사냥한 덕분에 포인트는 7천만이 넘게 있었다.

하지만 곧바로 사용할 수는 없었다. 안에 일행이 있으니 말이다.

가온은 네 여인이 기다리고 있는 게이트 쪽으로 날아갔다.

"차원석은 찾았어요?"

화계 마법으로 던전을 빠져나가려는 마충들을 불태워 죽이고 있던 아레오가 그를 반기며 물었다.

그녀의 옆에서는 소드커튼을 펼쳐서 마충을 난도질하고 있는 헤알도 보였다.

"응. 그런데 규모가 작은 차원석이라 부수면 바로 던전이 붕괴될 것 같아서 일단 네 사람은 먼저 나가야 할 것 같아."

"알았어요."

아나샤는 아레오와 헤알이 마충을 해치우는 동안 차링의

도움을 받아서 신성진을 해체했다. 그리고 그녀들이 던전을 나가는 순간 가온은 무려 5천만 명예 포인트를 주고 구입한 젬을 꺼냈다.

이별과 갈기족의 선물

아공간 젬을 사용하는 방법은 간단했다. 던전의 중앙에 고유한 영혼 파장을 새긴 젬을 놓는 것으로 끝이 나는 것이다.

투명날개와 정령들의 도움을 받은 가온은 던전의 중앙에 도착하자 젬을 바닥에 놓고 변화가 일어나길 기다렸다.

얼마 후 기다리던 변화가 일어났다. 던전이 마치 살아 있는 것처럼 급속하게 좁아지기 시작한 것이다.

처음에는 그 변화가 무척 느렸지만 점점 빨라지더니 어느 순간 '팟' 하는 미세한 소음과 함께 던전이 사라졌고 남은 것은 허공에 떠 있는 젬밖에 없었다.

"어멋!"

갑자기 사라진 던전에 놀란 아나샤의 탄성에 정신을 차린 가온은 젬을 손으로 잡았다.

스르르.

젬은 잡은 손을 통해 체내로 순식간에 사라졌고 가온은 영혼과 연결된 또 하나의 아공간을 느낄 수 있었다. 그리고 그 아공간이 방금 전까지 그가 있었던 던전이라는 사실도 확인할 수 있었다.

그런데 흐뭇한 얼굴을 하고 있던 가온의 표정이 이상하게 변했다.

'이건 뭐지?'

젬의 아공간을 제외하면 본래 그의 영혼과 연결된 아공간은 두 개가 되어야 맞는데 이상하게 하나가 더 있었다.

영혼의 주인답게 그 안을 보고자 하니 그 안이 훤히 보였다.

'이것도 아공간이네.'

차원석으로 만든 아공간은 아닌 것 같은데 안에는 수십 개의 물건이 아공간을 가득 채우고 있는 짙은 안개로 인해 희미하게 보였다. 안개는 짙을 뿐 아니라 각도에 따라 수시로 빛깔이 달라지고 있었다.

그때 알테어의 의념이 전해졌다.

-마족의 영혼과 연결되어 있었던 아공간인 것 같습니다.

'이 안개는 뭐지?'

-주인님, 저 안개는 마나입니다!

'마나?'

-네. 수없이 다양한 속성을 가진 마나들이 서로 작용을 하는 과정에서 안개처럼 보이는 겁니다.

마나는 본래 형체가 없다. 하지만 의지가 실린 다른 마나와 결합하게 되면 신성력처럼 새하얀 색깔에 휘광이나 연기와 같은 형태로 발현이 되기도 한다.

'왜 마나가 아공간에 있는 거지?'

아니, 그 전에 아공간이 왜 자신의 영혼과 연결되어 있는지도 이해가 가질 않았다.

-어쩌면 주인님이 고위급 마족인 뢰벨르의 마기를 흡수할 때 영혼까지 흡수했을 가능성이 높습니다.

아! 그럴 수도 있다. 벼리의 말에 따르면 뢰벨르는 마기를 모두 자신에게 빨린 후 그의 육신을 이루는 에너지까지 모두 자신에게 흡수당해 소멸되었다고 말했다.

'그런데 영혼까지 흡수할 수 있는 건가?'

아무리 생각해도 그 부분은 이해가 되지 않았다.

-신격을 가진 존재들이 발휘하는 권능 중에는 영혼까지 흡수하는 것들이 있다고 들었지만 그건 잘 모르겠습니다.

수천 년을 살아온 사령술사 리치인 알테어가 모른다면 벼리나 파넬은 당연히 모를 수밖에 없었다.

'저 안개가 마나라면 왜 뢰벨르라는 마족은 저 마나를 흡수하지 않은 거지? 아니, 내게 마기를 흡수당할 때 왜 저기

를 개방하지 않은 거지?'

만약 마족이 이 아공간을 개방했다면 가온은 위험했을 가능성이 높았다.

양 속성의 마나만으로도 죽을 뻔했으니 말이다.

'나중에 시간이 날 때 찬찬히 살펴봐야겠다.'

마족이 가지고 있었던 것으로 추정되는 아공간을 살피다 보니 자연스럽게 한창 진화 과정을 겪고 있을 모둔과 앙헬이 생각났다.

'부디 원하는 바를 이루길.'

벼리와 두 리치의 도움이 있기는 했지만 그녀들이 아니었다면 가온은 죽었을 테니 목숨을 구한 것이다.

'그건 그렇고 이제 어떻게 대해야 할지 모르겠네.'

심지어 모둔과 앙헬은 실체화한 육체로 자신과 깊은 관계까지 맺었으니 새롭게 관계를 재정립할 필요가 있었다.

그런 생각을 하던 가온은 놀란 얼굴로 다가오는 네 여인으로 인해서 정신을 차렸다.

"세상에! 정말 순식간에 소멸되었네요."

그들이 알고 있는 던전은 소멸될 때까지 일정한 시간이 흘러야만 했으니 이상하게 생각할 수밖에 없었다.

다행히 네 여인은 가온의 앞에 남아 있던 아공간 젬을 보지는 못한 것 같았다.

"아무튼 이걸로 갈기족은 마음 놓고 파란 고원에 자리를 잡을 수 있게 되었네요."

헤알의 말에는 어쩐지 부러운 감정이 들어 있었다. 아마 뤼나웜으로 인해서 터전을 잃고 한곳에 모여 힘겹게 살게 된 달리아트족이 생각난 모양이다.

"와이번과 던전이 사라졌으니 이제 갈기족은 오랫동안 안전하고 풍요롭게 살 수 있을 것 같아서 부럽네요. 우리 일족은 언제 이곳과 같은 안전한 땅에 자리를 잡을 수 있을 지…….'

차링 역시 헤알과 같은 심정이었다.

그때 가온은 기다렸던 안내음을 들을 수 있었다.

─수고하셨습니다! 카이급 의뢰인 '마기에 침식되어 죽어 가고 있는 CWT─548차원을 살려라'를 성공적으로 완수하셨습니다.

─기본 보상 1천만 명예 포인트를 획득했습니다!

─추가 보상의 한도인 500%를 초과해서 추가로 8,890만 명예 포인트를 획득했습니다!

─이곳 시간으로 한 달 이내에 돌아가겠다는 의지만으로 본래의 세상으로 복귀할 수 있습니다!

가온의 얼굴에 미소가 떠올랐다.

아공간 젬을 구입하고 남은 2천만 포인트에 이번에 얻은 포인트를 합하면 무려 1억이 넘는다.

생각했던 것보다 시간이 많이 걸리기는 했지만 보상 내용에 충분히 만족했다.

그가 대충 기대했던 수준이기 때문이다.

'보상보다는 얻은 것이 더 많지만.'

아무튼 아공간 젬을 구입한 포인트를 보충했으니 아쉽지는 않았다.

'다들 잘 지내고 있겠지?'

시간 흐름이 1 : 100이라서 그쪽은 불과 이삼일밖에 안 지났지만 자신은 200일이 넘게 이곳에서 지냈고 그사이에 많은 일들을 경험했기에 사람들이 그리웠다.

'이곳을 떠나면 한동안 아레오와 아나샤가 힘들어하겠네.'

이제 떠날 때다.

하지만 지금 바로 떠날 수는 없었다. 다행히 떠날 때까지는 한 달이라는 여유가 있으니 갈기족이 무사히 이주를 마치는 것까지는 확인해야만 했다.

"자, 할 일은 끝냈으니 이제 돌아갑시다!"

가온의 말에 네 여인은 시원하다는 얼굴로 구조물에 자신들의 몸을 고정시켰다.

이동 중인 갈기족은 돌아온 가온으로부터 파란 고원의 와이번과 던전이 완전히 사라졌다는 말을 듣고 얼마나 기뻤는지 그 자리에서 이동을 멈추고 모두 이 반가운 소식을 즐겼다.

당연히 그 이후 이동속도는 엄청나게 빨라졌다. 이제 더이상 정찰을 하면서 조심스럽게 이동할 필요가 없어졌기 때문이다.

정찰대가 가져온 소식에 의하면 혼울프를 위시해서 고원주위에 꽤 많은 마수가 있다고 했지만, 그 정도는 지금 갈기족 전력으로 가볍게 해결할 수 있었다.

아무리 겁을 상실한 마수라고 해도 200만이 넘는 숫자를 확인하면 도망칠 수밖에 없었다.

갈기족은 가장 걱정했던 와이번이 모두 사라지고 던전까지 아예 소멸했다고 하니 신이 날 수밖에 없었다.

그렇게 빠르게 이동한 갈기족은 사흘 만에 파란 고원의 아래쪽에 도착했다.

워낙 사람들이 많아서인지 족히 수만 마리는 된다고 했던 혼울프는 아예 보이지 않았고 마기로 인해 변이한 들소를 포함한 마수들도 찾아볼 수가 없었다.

즉시 고원으로 올라간 갈기족은 너 나 할 것 없이 감격의 눈물을 흘렸다. 갈기족의 발원지며 영원한 고향에 돌아온 감회는 무척이나 깊었다.

갈기족이 모두 고원에 오르자 축제가 벌어졌다. 주술사들은 조상을 위한 제사를 지냈고 그 후에는 저마다 챙겨 온 음식과 가온이 내놓은 엄청난 양의 술을 마시며 영혼의 안식처로 돌아온 즐거움을 즐겼다.

그렇게 축제가 시작되고 얼마 후 갈기족 수뇌부와 가온은 멀리 떨어진 곳에서 따로 자리를 가졌다. 각 부족의 족장과 주술사 그리고 대전사장들이 모두 참여한 자리였음에도 가온은 자연스럽게 상석에 앉았다.

"생전에 이곳에 돌아올 줄은 정말 몰랐습니다! 이렇게나 아름답고 풍요로운 땅이었다니!"

"이 모든 것이 억터르텐 덕분입니다!"

"억터르텐의 은혜는 대대손손 절대로 잊지 않겠습니다!"

갈기족 수뇌들은 누가 먼저라고 할 것 없이 모두 가온을 향해 엎드리며 깊은 감사를 표시했다.

하지만 그것만이었다면 좋았을 텐데 마음을 불편하게 만드는 기원도 이어졌다.

"억터르텐, 뭐든 바치겠습니다! 이곳에 남아서 영원히 우리를 지켜 주십시오!"

"갈기족의 진정한 통합을 위해서는 억터르텐이 꼭 필요합니다! 부디 우리 갈기족을 불쌍하게 여기시어 보살펴 주십시오!"

대다수 갈기족에게 가온은 이미 신의 반열에 올랐다. 신적인 존재가 아니고서는 혼자서 와이번을 모조리 해치우고 단 하루 만에 던전까지 소멸시킬 수는 없다고 여겼다.

벌써 일부 갈기족은 조상신 대신 실재(實在)하는 신인 가온을 신으로 대하며 우러러보며 경배했다.

'후우! 여기에 더 머무르면 이들의 신이 될 수도 있겠네.'

이들의 태도를 보면 자신이 바라는 모든 것을 바칠 것 같 았지만 정작 그는 갈기족에게 원하는 것이 전혀 없었다.

"누차 말했지만 나는 그대들의 억터르텐이 아니오. 우트 신의 말씀에 따라 마기에 잠식된 존재들을 말살하는 것일 뿐 이오. 그러니 내게 너무 고마워하지 않아도 되오."

"아닙니다. 억터르텐은 우리 갈기족의 억터르텐입니다!"

가온은 점점 이들의 사고가 불안하게 느껴졌다. 이대로 방 치하면 살아 있는 신이 될 것 같았는데 그건 그가 전혀 바라 는 바가 아니었다.

'빨리 떠나야겠구나.'

어쨌거나 이들로 인해서 의뢰의 마지막 부분을 해결할 수 있었다. 그러니 헤어지더라도 아름답게 끝내야만 했다.

"그대들이 날 억터르텐으로 여기는 것은 내가 어찌할 수 없는 일이지만 나는 내일이면 이곳을 떠날 것이오. 이건 일 정상 정해진 일이니 내가 어떻게 바꿀 수는 없소. 혹시 내게 바라는 것이 있다면 지금 말하시오. 내 능력으로 도와줄 수 있다면 돕겠소."

플레이어들이 자신이 갈기족에게 해 준 것들을 알게 된다 면 호구라고 말할 것이 분명하지만, 가온은 스스로 갈기족을 통해 많은 것을 얻었다고 여기기에 더 많은 것을 베풀고 싶었다.

사실 갈기족 지도부는 가온이 자신들의 바람대로 함께 머무르지 않을 거라는 사실을 알고 있었다. 단지 그 정도로 그의 존재가 간절했기에 모두 같은 마음으로 청해 본 것일 뿐이다.

"없습니다. 아니, 사실은 굉장히 많지만 이제 갈기족은 뭉친 힘으로 자립을 이루어야 하기 때문에 더 이상의 도움을 받으면 안 된다고 생각합니다. 억터르텐의 도움을 받지 않아도 일어날 자신도 있고 어떻게 자립을 할 것인지에 대해서는 그간 꾸준히 논의를 해 왔기에 시간은 좀 걸리겠지만 자신이 있습니다."

통합 갈기족의 수석 대전사장이 된 바토르가 사람들을 대표해서 말했다.

"모두 그런 마음을 가지고 있다니 떠나는 내 마음도 가볍군요. 그래도 식량도 부족하고 생필품도 많이 부족한 상황이던데 우기를 보낼 정도는 지원해 주겠소."

가온은 최소한의 생존에 필요한 것들만 가지고 있는 갈기족의 처지가 안쓰러웠다.

빠른 이동을 위해서 갈기족은 많은 것을 버려야만 했다. 무거운 가구와 헌 가죽옷 등 살림살이에 필요한 물건들이었다.

물론 시간이 지나면 다시 마련할 수 있는 것들이었지만 식량을 포함한 생필품은 달랐다. 당장 우기를 날 정도의 식량은 있지만 절대로 풍족하지 않았다. 무엇보다 곡물이 많이 부족했다.

'곡물은 물론 건과와 건야채 그리고 옷가지 등도 엄청나게 많으니까 제대로 호구짓을 해 보자.'

골드드래곤은 가온과 비슷한 성격이었는지 공간 확장을 한 방에 무시무시하다고 표현할 정도로 엄청난 식료품을 쟁여 두고 있었다.

'희한한 놈이야.'

드래곤이 자신의 가디언들을 위해서 준비했다고 보기에는 너무 많은 양이었지만 가온에게는 고마운 존재였다.

갈기족 수뇌부를 밖으로 데리고 나간 가온은 밀, 보리, 호밀, 감자, 옥수수 등 다양한 곡물을 각각 20만 자루씩 내놓았다. 그리고 건과와 건야채는 물론 수백만 벌의 옷까지 꺼냈다.

양이 얼마나 많았는지 작은 산이 열 개가 넘을 정도였다. 지도부는 물론 몰려든 주민들의 입이 떡 벌어질 정도였다.

지도부는 저 물건들을 공정하게 나누는 것만으로도 며칠은 걸릴 것 같다는 생각을 했지만, 먹지 않아도 배가 부른 것 같은 포만감을 느꼈고, 떠나는 마당에서도 이렇게 엄청난 선물을 내주는 가온의 마음에 진정으로 감복했다.

"과연 억터르텐!"

갈기족 수뇌부의 입장에서 보면 가온은 그들에게 그 어떤 것도 바라지 않고 모든 것을 챙겨 주는, 그야말로 조상신이 그들을 위해 보낸 사자(使者)와 같은 존재였다. 물론 능력은 하늘의 아들인 억터르텐이지만 말이다.

갈기족 수뇌부는 서둘러 사람들을 불러 모아서 각 부족별로 배분을 하기 위해서 정신없이 움직였고, 축제를 즐기다가 호출을 받고 달려온 이들은 산을 이룬 식료품과 옷 들을 보고 기쁨의 눈물을 흘렸다.

"억터르텐, 바로 떠나시렵니까?"

갈기족 중 가장 규모가 크고 전투력 또한 가장 강력한 붉은 갈기족 족장인 와순이 물었다. 그는 나이가 많은 편이지만 갈기족 중에서는 가장 지혜롭다고 알려졌다.

"그럴 생각입니다, 헤어짐은 짧을수록 좋으니."

대전사장들이 포함된 수뇌부와는 방금 전 회의에서 떠나겠다는 의향을 밝혔고 이전부터 그렇게 말해 왔으니 굳이 다시 알릴 필요는 없었다.

"사람들이 많이 슬퍼할 겁니다. 언제고 다시 파란 고원을 찾아 주시겠습니까?"

"그렇게 하겠소."

다시 또 찾을 수 있을지 알 수 없지만 마음은 그러고 싶었다.

"이건 저희 갈기족에게 대대로 내려오는 신물을 하나로 모은 겁니다."

와순이 내민 것은 각기 다른 옥 조각을 하나로 맞춘 것으로 손거울처럼 생긴 물건이었다.

"아주 오래전에 저희 갈기족에서 신인(神人)이 나왔다고 합니다. 초원을 떠돌던 작은 규모의 부족이었던 갈기족이 초원의 주인이 된 것은 그분 덕분이라고 했습니다. 저희 갈기족은 문자가 없어서 구전으로 옛이야기가 전해지다 보니 그분에 대한 많은 것들을 잃어버렸지만, 그분이 남긴 이 신물만은 다행히 저희 대까지 내려왔습니다. 각 부족의 족장임을 증명하는 신물이었거든요."

정말 신은 아닐 테고 갈기족의 번영을 이끈 인물인 모양이다.

"이 거울을 구성하는 아홉 개의 옥과 하나의 손잡이의 재료는 누구도 알지 못합니다. 다만 그분이 생전에 남긴 말씀으로는 각각의 옥 조각은 본신과 동일한 분신의 핵이 될 수 있으며 다른 세상에만 존재하는 금속으로 만든 손잡이에는 분신을 만드는 방법과 교감하고 합체하는 비전이 들어 있다고 했습니다."

"분신이라고요?"

이제까지 별 관심이 없었던 가온은 반사적으로 신비한 옥 거울을 받으며 와순 족장이 말한 내용에 혹했다.

'분신이라니!'

분신술은 단순한 스킬이 아니라 불가사의한 초능력이다.

"제국어로 표현하려면 분신이라는 단어밖에 없어서 설명이 불충분합니다. 좀 더 자세히 말하면 분신과 본신의 구별이 없는, 동시에 열 곳에 존재할 수 있으며 각기 다른 능력을 발휘하는 것도 가능하다고 했습니다. 또한 합체를 할 경우 각기 다른 삶을 살면서 깨달은 모든 것이 하나가 되어 새로운 경지로 나아갈 수 있다고 했습니다."

와순이 어떻게든 제대로 설명하려고 하지만 그 자신이 만족하지 못하는 것으로 보아서 그냥 단순한 분신술은 아닌 것 같았다. 내용도 아주 심오한 것 같았고.

"어떻게 익히는지는 알고 있소?"

"여기에 자신의 피를 뿌리면 자연히 알 수 있을 거라고 했습니다. 진정한 주인이라면 말입니다. 사실 우리 갈기족들이 오랫동안 분열되어 서로 싸워 온 이유 중에는 이 신물도 있습니다. 물론 그보다는 초원을 둘러싼 제국과 왕국들의 이간책과 사람과 가축이 더 풍요롭게 살 수 있는 땅 때문이기도 하지만요."

"정말 족장들이 자의로 내놓은 것이오?"

"그렇습니다. 본래 이 신물의 주인은 모두 셋입니다. 그동안 세 부족은 나눠 신물을 관리해 왔는데, 그 누구도 신물에 얽힌 비밀을 풀지 못했지요. 나머지 부족은 전쟁에 패해서 신물에 대한 자격을 잃었고 저희 붉은 갈기족을 포함한 세 부족의 족장들은 우리 갈기족을 위해 대가를 바라지 않고 많은 것을 주신 억터르텐의 은혜를 이 신물로 조금이나마 갚겠다고 결의했습니다."

"고맙소."

설령 이 물건에 와순이 말한 분신술과 관련된 것이 없더라도 가온은 갈기족의 역사와 함께해 왔고 갈기족이 소중히 간직해 온 이 물건을 통해 언제까지 갈기족을 기억할 수 있을 것 같아 흔쾌히 받기로 했다.

어찌 생각하면 자신이 갈기족에 해 준 것들이 아주 많았지만, 이 하나에 전혀 못 미친다. 그가 갈기족에게 준 것들은 많은 노고가 들어간 것도, 큰 의미가 있는 것들도 아니지만 이 신물은 달랐다.

그래서 가온은 갈기족의 미래가 안전하고 풍요롭기를 간절하게 바랐다.

인사를 안 하고 떠나려고 했지만 그럴 수가 없었다. 와순에게 소식을 들은 족장이며 주술사 그리고 대전사장들이 약속이나 한 듯 차례로 찾아온 것이다. 그러니 이별 인사를 나누는 시간이 짧을 수가 없었다.

결국 가온은 다음 날 아침에야 파란 고원을 떠날 수 있었다.

"억터르텐, 꼭 다시 돌아와야 해요!"

일행이 고정된 구조물을 장착하고 막 하늘로 비상하는 가온의 귀에 들려온 한 소년의 외침에는 간절함이 가득했다.

"호호호. 우리 온 랑 인기가 엄청나네요."

"아무렴, 우리가 없었으면 밤에 온 랑의 천막 안으로 들어가려고 호시탐탐 노리는 갈기족 처녀들이 줄을 서고 있었을 거야."

그렇게 가온을 놀리는 아레오와 아나샤는 물론이고 헤알과 차링도 시원섭섭한 얼굴로 파란 고원을 한동안 쳐다봤다.

가온 일행의 행선지는 단 상단이 자리를 잡은 폰트 시티였다.

하늘에서 내려다본 폰트 시티의 분위기는 아주 밝았다.

내성과 외성은 물론 성 밖 마을까지 사람들이 바쁘게 움직이고 있었다.

'대륙 10대 상단으로 올라선 단 상단로 인해서 시티도 발전한 모양이구나.'

성과 얼마 떨어지지 않은 낮은 산기슭에 착륙한 가온 일행은 잘 닦인 도로로 나갔다.

이른 오후라서 그런지 아직도 성으로 향하는 사람들이 꽤 많아서 그 속에 섞여 성문 쪽으로 향했다.

"언니, 뤼나웜은 어떻게 됐을까요?"

차링이 옆에 있는 아레오에게 말을 꺼냈다.

"거의 다 박멸하지 않았을까?"

"사람들 욕심이 얼마나 무서운데. 단순한 마수였다면 모르지만, 회춘의 묘약이 되는 심장에, 다양한 마도구에 사용되는 미세 마정석까지 가지고 있으니 가만히 놔둘 리가 없지."

"맞아요. 이제 뤼나웜의 씨가 말랐어요."

갑자기 옆에서 한 인물이 끼어들었다.

"요즘 상황을 잘 모르는 것 같아서 저도 모르게 두 분의 대화에 끼어들었습니다. 저는 알폰소 상단의 직원인 베이글이라고 합니다."

가온 일행의 눈이 자신을 향하자 젊은 남자는 얼굴을 붉히며 자신을 소개했다.

"아레오라고 해요. 뤼나웜이 모두 박멸되었다고요?"

"그렇습니다. 뤼나웜은 이제 더 이상 세상에 남아 있지 않습니다. 대신 던전의 존재가 세상에 알려졌습니다."

"던전요?"

상단 직원의 말에 가온의 눈이 빛났다. 벌써 던전의 존재가 일반인들에게도 알려졌을 줄은 몰랐다.

"그게, 뤼나웜 때문에 북상한 마수와 몬스터가 횡행하면서 난리가 났을 때 국가들이나 전사들이 움직이지 않았던 것은 던전 때문이었답니다. 알려지기론 던전 안에는 무시무시한 마수와 몬스터들이 서식하는데 가만히 놔두면 밖으로 나온답니다. 그리고 놈들을 사냥해서 던전을 정리하면 돈을 주고도 살 수 없는 보물을 얻을 수 있다고 했습니다. 그래서 전사들이 뤼나웜 대신 던전을 공략하고 있었던 거지요. 아무튼 그동안 던전을 공략하던 국가의 전사들이 일제히 뤼나웜 사냥을 시작하고 용병으로 활동하던 전사들까지 모두 남쪽으로 내려가고 불과 두 달여 만에 뤼나웜은 더 이상 찾아볼 수가 없게 되었습니다. 더 이상 뤼나웜을 걱정할 필요가 없어졌지요."

역시 그럴 줄 알았다.

"게다가 소문이기는 한데 아테론 제국을 중심으로 왕국들이 동원한 근위전사단들이 연합해서 황무지로 변한 대륙 남부에 남아 있는 던전들을 연이어 소멸시켰답니다. 그중에는 뤼나웜이 나온 것으로 추정되는 던전도 있었고요."

"참으로 다행이네요."

"그렇지요. 이 모두가 생사의 신전과 우트 여신 덕분입니다."

아레오의 말에 베이글이 경건한 얼굴로 대꾸했다.

"생사의 신전요?"

느닷없이 생사의 신전이 언급되자 가온 옆에서 걷고 있던 아나샤도 베이글에게 향했다.

"뤼나웜이 뭘 두려워하는지, 어떤 가치를 가지고 있는지 세상에 널리 알린 것이 바로 생사의 신이신 우트 신의 현신자로 알려진 온이라는 분입니다. 그분이 아니었다면 던전을 공략해서 보물을 얻는 데만 정신이 팔려 있던 제국과 왕국의 전사들이 뤼나웜 사냥에 나서지 않았겠지요."

베이글의 말에 네 여인의 눈길이 가온에게 향했는데 뿌듯함과 더불어 경외감이 가득했다.

"뤼나웜 사냥이 끝났다면 제국과 왕국의 전사들은 어떻게 하고 있나요?"

"던전을 공략하는 것은 마찬가지지만 이젠 뤼나웜 때문에 북상했거나 공략하지 못한 던전에 나온 마수와 몬스터를 사냥하기 시작했습니다. 많은 도시와 성이 마수와 몬스터의 위협에서 벗어났고, 덕분에 이렇게 상행도 많이 늘어나서 사람들의 삶도 좋아졌지요."

이 세상을 위해서는 참으로 다행한 변화였기에 가온은 물론 네 여인의 얼굴도 밝아졌다.

"그렇군요. 온이라는 분은 지금 어디에 계시는지 아시나요?"

아레오가 웃으며 물었다.

"우트 여신이 내린 말씀을 이행하기 위해서 인적이 드문 대륙의 오지와 험지를 찾아다니며 위험한 마수와 몬스터를 처치하고 있다고 합니다. 정말이지 존경스러운 분입니다. 망국이기는 하지만 한 왕국의 타락한 근위전사단을 혼자 몰살시킨 실력을 가진 분이 아무런 대가도 없이 그 고생을 하시다니 정말 신전들을 대표하는 성기사다운 분입니다."

"신전들을 대표하는 성기사요?"

그렇게 묻는 아나샤의 눈꼬리가 위로 올라갔다.

'생사의 신전이 아니라 신전들이라니?'

"원래 그분은 생사의 신전 출신의 성녀로부터 감화를 받아 우트 신의 현신자가 되었다고 합니다. 하지만 그분이 걷는 길은 던전에 정신이 팔린 제국과 왕국의 수뇌부나 전사들과 달리 저희처럼 하찮은 자들을 위한 가시밭길이었습니다. 해서 한 달 전쯤에 모든 신전이 그분을 명예 성기사로 임명했습니다. 자신들이 모시는 신 역시 그분을 통해서 세상을 구하겠다고요."

"하아!"

베이글의 대답을 들은 아나샤의 얼굴은 붉으락푸르락했지만 경거망동하지는 않았다. 단지 화를 참을 수 없어 긴 한숨을 내쉴 뿐이었다.

"생사의 신전 교세가 엄청나겠네요?"

다시 아레오가 물었다.

"당연하지요. 어지간한 규모의 도시나 성은 생사의 신전 지부를 유치하기 위해서 본전의 문턱이 닳도록 드나들고 있다고 합니다. 지부 유치에 성공한 도시나 성들은 신전을 짓기 위해서 막대한 자금과 인력을 투입하고 있고요. 그 어려운 시기에 유일하게 우리와 같은 사람들을 위해서 위대한 전사를 보내 준 우트 여신이시니 당연한 일이지요. 다행하게도 단 상단의 적극적인 유치 활동 덕분에 폰트 시티에도 곧 생사의 신전 지부가 설치된다고 합니다."

그렇게 말하는 베이글의 얼굴에는 생사의 신에 대한 경의가 가득했다.

그렇게 베이글과 그동안의 변화에 대해 듣는 동안 성문에 도착했고 가온 일행은 그와 헤어져 곧바로 단 상단으로 향했다.

정리

다행히 단은 상단에 머무르고 있었다.

"온 님!"

가온이 찾아왔다는 말에 단은 숨을 헐떡거리며 뛰어나왔고 따라 나온 수행원들은 단주의 그런 반응에 의아하기만 했다.

"잘 지냈소?"

"온 님 덕분에 아주 잘 지냈습니다. 일단 안으로 드시지요."

"그럽시다."

오랜만에 만난 단은 예전보다 훨씬 젊어 보였다. 뤼나윔의 심장을 복용한 효과를 제대로 본 모양이다.

아직 비행에 익숙지 않아서 지쳐 보이는 헤알과 차링이 쉴 곳으로 안내되고 네 사람만 남게 되자 가온이 입을 열었다.

"그래, 사업은 잘되시오?"

"민망하지만 이제 대륙 10대 상단에 이름을 올렸습니다."

가온이 알려 준 정보로 뤼나웜을 선점하고 뤼나웜의 심장으로 로비를 했기에 가능한 일이었다. 그만큼 왕권과 고위급 귀족들을 배경으로 두고 있는 기존의 10대 상단의 위세는 대단했었다.

"고생이 많았겠군."

"고생은요. 온 님 덕분에 소금과 뤼나웜의 심장으로 이 위치까지 올라왔지만, 다른 10대 상단에 비해 배경이 약한 상태라서 앞으로 상단의 먹거리가 좀 걱정입니다."

가온은 그렇게 말하는 단을 보면서 지구의 기업가들을 떠올렸다. 그들은 일반 사람들이 보기에는 너무나 많은 것을 가졌지만, 늘 이익을 창출하고 유지할 수 있는 새로운 분야를 찾으려고 노력했다.

하지만 그의 말도 이해가 가는 것이 이전에 아레오에게 듣기로 대륙 10대 상단은 농산물, 광산, 무구 등의 산업을 꽉 잡고 있었다. 또한 유통의 경우에도 여러 나라에 걸쳐 망을 꼼꼼하게 깔아 두었기에 가격 경쟁력도 높았다.

"미세 마정석을 활용한 마도구 사업은 어떻소?"

"안 그래도 그쪽에 투자를 하고는 있습니다만 쓸 만한 마도구는 쉽게 개발되지 않아서 좀 고민입니다."

"그래도 기존 세력들과 충돌을 피하려면 그쪽이 나을 것이오."

마도구 산업은 이 세계에서는 신산업에 해당하기 때문에 단 상단이 진출하기에 가장 용이했다.

"저도 그렇게 생각해서 대규모 공방을 세우고 연금계열의 마법사와 장인들을 모으고 있는 중입니다. 더 이상 구하기 힘든 미세 마정석은 우리 상단이 가장 많이 보유하고 있는 상태니까요."

"다행이군."

뤼나웜은 물론이고 북방 초원의 마충도 이젠 사라졌으니 미세 마정석은 더 이상 구할 수 없다.

하지만 이제 막 잉태하기 시작한 이 세상의 마도구 산업에서 미세 마정석은 큰 역할을 차지하지 않는다.

사실 마도구에 굳이 미세 마정석을 사용할 이유는 없다.

크기는 작지만 함유하고 있는 마나의 양이 많아서 마도구의 동력원으로 애용되고 있지만 부피가 큰 마도구는 기존의 마정석을 활용해도 무방하다.

미세 마정석이 진짜로 필요한 분야는 부피가 작고 정교한 부품과 회로가 들어가는 소형 마도구였다.

"장인들은 그래도 쉽게 구할 수 있는데 마법사가 문제입니다. 이전에는 없었던 편리한 마도구들이 속속 세상에 나타나면서 연금계열 마법사들의 인기가 하늘을 찌르고 있습니다."

단은 그 생각만 하면 골치가 아픈지 얼굴을 찌푸렸다.

그에 아레오가 입을 열었다.

"마도구 사업에서 마법사의 역할은 제한적이에요. 문제는 창의력과 그것을 현실로 구현할 수 있는 기술이 될 거예요. 그러니 마법사보다 장인 확보에 더 공을 들이세요."

"그게 정말입니까?"

아레오의 말이 맞는다면 굳이 큰돈을 써 가면서 마법사를 영입하려고 하지 않아도 된다.

"현재 시중에 나온 마도구들은 구조가 비교적 간단해요. 마법을 어느 정도 배웠다면 해석하고 그릴 수 있는 마법 회로 역시 단순한 편이고요. 그래서 다들 앞다투어 비슷한 물건을 만들어 내고 있잖아요."

아레오의 말이 맞다. 새로운 마도구가 나오면 얼마 되지 않아서 그와 비슷한 마도구들이 쏟아지고 경쟁을 하면서 가격이 하락하는 일이 되풀이되고 있었다.

이 세계는 특허처럼 지식재산권에 대한 개념조차 정립되지 않았다.

"그리고 앞으로는 마정석의 순도가 경쟁에서 우위를 차지할 수 있는 열쇠가 될 거예요. 같은 물건이라면 고장이 적고 오래 작동해야 하니까요. 그러니 마나 친화력이 높은 아이들을 많이 확보하세요. 마법을 가르쳐 준다는 핑계로 무보수로 부린다는 생각을 걷어 내고 일정한 급료를 지급하세요. 그리고 그중 마나 친화력이 높고 성실하며 머리가 뛰어난 아이들에게는 일정 기간마다 마법을 배울 기회를 주세요. 그럼 나중에는 굳이 마나 친화력이 높은 아이들을 구하러 다니지 않아도 구름처럼 몰려올 거예요."

마정석의 순도를 올리는 것은 간단하다. 마나 친화력이 높아서 쉽게 마나를 느낄 수 있는 사람들이 마정석에 자신의 마나를 주입하기만 하면 마정석에 축적된 마나 중 불순한 마나는 자연스럽게 배출된다.

그렇기 때문에 마법사들은 마나 친화력이 높은 아이들을 도제로 받아들여서 기초 단계의 마나 운용에 대한 것을 가르쳐 준 다음 마정석의 순도를 자연적으로 채굴할 수 있지만 희귀한 마나석의 순도와 비슷하게 만드는 것이다.

"그렇게 하겠습니다. 조언에 감사드립니다. 그리고 이것은 약소하지만 제 마음을 담은 선물입니다."

단은 미리 준비한 물건들을 가온과 아레오 그리고 아나샤에게 주었다.

"어멋! 어떻게 이 귀한 물건을!"

아나샤는 선물을 본 순간 뛸 듯이 놀랐다. 그것은 바로 무속성의 니힐스톤이었다. 그 어떤 속성의 마나도 쉽게 담을 수 있어 등급이 높은 성물의 재료였다.

양도 꽤 많았다. 손톱만 한 크기부터 주먹 크기까지 12개나 된 것이다.

아레오 역시 귀한 선물을 받았다.

"세렌자야 님의 가르침이 담긴 '심상력 각론'은 황실이나 왕실의 비고에만 있을 텐데……."

세렌자야는 이 세계에는 무척 드문 마법학자로 그가 남긴 저서 중 심상력 각론은, 현대의 마법에서 가장 중요한 이미지를 더 쉽고 빠르고 자세하게 그리는 내용이 포함되어 마법사들에게는 일생에 꼭 한 번 보기를 원하는 귀한 서적이다.

두 여인은 단에게 깊이 허리를 숙여 고마움을 전했다.

"아닙니다. 과분합니다. 온 님이 제게 주신 것에 비하면 아무것도 아닙니다. 그리고 온 님께 드린 아이템은 한 던전의 클리어 보상으로 나온 것으로 영혼 배양석이라고 불리는데 분리한 영혼을 담아서 완전하게 만들 수 있으며 조각난 영혼일지라도 일정한 시간이 지나면 완전하게 만들어 주는 효과를 가졌다고 합니다."

가온이 받은 물건은 손안에 쏙 들어가 크기의 구슬로 범상치 않은 기운을 발산하고 있었다.

"분리한 영혼을 담을 수 있다고요?"

영혼이라는 말에 흥미가 생긴 아레오가 물었다.

"그렇게 들었습니다. 설명이 사실이라면 무척 진귀한 아이템이지요. 하지만 영혼을 다루는 술사는 고대에나 존재했기에 이 아이템은 현재로서는 큰 쓸모가 없어서 어렵지 않게 구할 수 있었습니다. 크게 쓸모가 있는 것은 아니지만 온 님이라면 쓰실 곳이 있지 않을까 싶어서 구했습니다."

가온은 단의 설명을 듣는 순간 갈기족의 신물인 거울을 떠올렸다.

'갈기족의 신물에 이 구슬이라면 분신을 만드는 것도 불가능한 일은 아니야.'

갈기족의 성의를 생각해서 받은 옥거울이지만 정말 분신을 만드는 것이 가능할 거라고는 생각하지 않았던 가온이다. 하지만 정말 영혼을 분리할 수만 있다면 이 구슬을 이용해서 완전한 분신을 만들 수 있을 것 같았다.

"단 상단주, 고맙소. 내게 큰 도움이 되는 아이템이오."

분신에 큰 흥미를 갖게 된 가온에게는 아주 귀중한 아이템이다.

"상단주."

"네, 온 님."

"단 상단에 투자한 자금은 받지 않겠소."

"네? 아닙니다! 이건 온 님께 너무 감사해서 마련한 선물일 뿐입니다!"

"아니오. 내게 돈은 크게 필요치 않소. 게다가 이 물건들은 돈이 있어도 구하기 힘든 것이 분명하니 그래야 계산이 맞소."

"온 랑의 말을 반박하고 싶지 않네요."

"이 물건들의 가치만으로도 투자금을 상회해요. 어렵게 구했을 것을 생각하면 가치를 따지기 힘들고요."

아레오와 아나샤 역시 투자금을 받지 않겠다는 가온의 말에 찬성했다.

그만큼 세 사람이 받은 선물은 진귀한 것이다.

단은 가온이 이렇게 나올 줄은 몰랐기에 당혹스러운 얼굴로 몇 번이나 이건 아니라고 강변했지만 가온의 입장은 확고했다.

"우리는 곧 돈이 필요 없는 곳으로 멀리 떠날 것이오."

"네? 그게 무슨? 혹시 위험한 던전에라도 가시는 겁니까?"

"그 비슷한 거요. 아무튼 한동안 세상에 나올 수 없는 상황이오."

"알겠습니다. 그렇다면 투자금은 더 불려서 돌아오시면 드리겠습니다."

가온도 강경했지만 단의 고집도 엄청났다.

그는 가온이 이번에 북방의 초원에서 보낸 것처럼 한동안 인적이 드문 오지를 찾아다니면서 우트 여신의 신탁을 이행할 것이라고 생각하고 있었다.

"아무튼 알겠소. 우리는 잠시 신전에 들렀다가 오겠소."

"그렇게 하십시오. 저녁은 함께 드셔야 합니다. 아주 맛좋은 술을 구해 두었습니다."

단의 말에 가온이 피식 웃으며 사무실을 나섰다.

폰트 시티에서 가장 가까운 바라크 시티에 위치한 생사의 신전 지부가 난리가 났다.

"성녀께서 어인 일로 이런 곳에?"

아나샤가 방문할 것이라고는 꿈에도 상상하지 못했던 지부장인 메들린 주교는 기도를 하다가 맨발로 뛰어나올 정도였다.

"오랜만이네요, 메들린 주교."

"성녀님!"

"호호호. 이젠 성녀가 아니랍니다."

"아닙니다. 제게는 영원한 성녀세요. 그간 건강하셨, 건강하게 보내신 모양이네요. 이분이 바로 현신자시군요."

메들린 주교는 생각보다 훨씬 더 건강하고 밝아 보이는 아나샤를 보더니 시선을 가온에게 옮겼다.

"온이라고 합니다."

"신전과 우트의 이름을 하늘 높이 올리신 현신자를 뵈어요."

"예가 과한 것 같습니다."

주교라면 사제보다 더 높은 직위일 텐데 맨땅에 오체투지라니 너무 과했다.

"아니에요. 생사의 신전이 건립된 이후 우트님의 이름과 신전의 명예가 이렇게 드높은 적은 한 번도 없었어요. 특히 축복으로 인해서 사람들의 오해와 두려움의 대상이었던 본 신전과 우트님이 이렇게 사람들에게 우러름을 받은 적도 없었고요. 이 모든 것이 바로 성녀님과 현신자 덕분이에요."

생사의 신전이 잘나가는 것 같아서 가온도 내심 만족스러웠다.

어쨌거나 우트가 아나샤를 통해서 매일 초기화되는 거대한 신성력을 빌려주었기에 차원 의뢰를 비교적 빨리 완수할 수 있었으니, 우트와 아나샤가 성녀였던 생사의 신전에 고마운 마음을 가지고 있었다.

"아무튼 보는 눈이 많으니 일단 자리를 피합시다."

주위에는 신자들이 꽤 많았다. 그들은 주교가 오체투지를 하는 상대방 남녀의 정체가 궁금했는지 이쪽에서 눈을 떼지 못하고 있었다.

바로 지부장실로 향한 가온 일행은 메들린 주교로부터 현재 생사의 신전 교세가 폭발적으로 확산되고 있는 상황에 대해서 장황한 설명을 들었다.

"새로운 성녀는 어때요? 잘하고 있죠?"

메들린 주교의 설명이 일단락되자 아나샤는 후임 성녀에 대한 질문을 했다.

"그럼요. 다말리아 성녀도 굉장히 신실하신 분이잖아요."

"그렇지요. 다만 성격이 너무 적극적이라서 좀 걱정이 되네요."

"호호호. 괜찮아요. 성녀께서도 아시겠지만 포교 방식에
대한 새로운 성칙(聖則)이 발표되었잖아요."

성칙이라는 말에 가온도 관심을 가졌다. 사실 생사의 신전
은 지구인인 가온은 물론 이곳 사람들에게도 좀 접근하기 어
려운 포교 방식을 가지고 있었다.

"새로운 성녀를 세울 때 함께 논의되고 있던 사항들이 주
교단의 지지를 받은 건가요?"

"네. 사실 성녀께서 물러나시기 전에 이전까지 행해 왔던
포교 방식을 포기하는 것이 좋겠다는 의견을 밝히지 않았더
라면, 새로운 성칙도 마련되지 않았을 거예요. 어쨌거나 본
신전만의 독특한 수도행 방식으로 인해 사람들에게 경원시
당했었으니까요."

노출이 심한 복장을 하고 상대와 접촉한 상태에서 사람들
이 저주라고 생각하는 축복을 내리는 방식으로 현신자를 찾
는 숨겨진 의미가 있는 포교 방식을 포기하는 것만으로도 생
사의 신전에 대한 이미지가 제고되고 있다는 얘기였다.

"아무리 현신자를 찾기 위한 방법이라고는 해도 성직자가
노출이 심한 복장을 하고 수도행을 하는 것은 사람들이 이해
하기 어려울 수밖에 없으니까요. 그리고 성가(聖歌)라는 방법
도 있는데, 굳이 어떤 결과가 나올지 알 수 없는 축복 의식을
고집할 필요는 없었어요."

"그렇지요. 하지만 아시잖아요. 성녀께서 과감하게 그런 의사를 밝히고 강하게 주장하지 않았다면 전통을 지키는 데에만 함몰된 많은 주교들을 설득할 수 없었다는 사실을요. 아무튼 성녀와 헌신자 덕분에 본 신전의 교세는 더 이상 높아질 수 없을 정도로 올라갔어요. 덕분에 우트님의 힘도 강해져서 다말리아 성녀는 물론 저희 주교들의 치료 능력까지 높여 주셨고, 그 결과 찾아오는 신자들의 마음에 부응할 수 있게 되었고요."

아무래도 노출이 심한 사제의 복장을 다른 신전의 사제처럼 바꾸고 직접적인 축복 대신 성가를 통해 축복을 내리는 방식으로 바뀐 모양이다.

아무튼 아나샤가 속했던 생사의 신전이 잘나간다니 가온도 마음이 편해졌다.

'이 세상은 지구와 달리 신이 존재하고 신자가 많고 믿음이 강할수록 신의 힘도 강해지는 것 같네.'

아무튼 이렇게 되면 아나샤는 편하게 자신과 함께 차원 여행을 할 수 있게 된다.

'아레오만 정리를 하면 되겠네.'

아레오의 문제는 복잡할 것이 전혀 없었다.

"그냥 떠나도 되겠어?"

"상관없어요. 이미 제가 받은 것 이상으로 주었으니까요. 그리고 딱히 친하게 지낸 이도 없었고 마음에 걸릴 일도 없었어요."

아나샤처럼 신전의 성녀로서 오래 봉직한 것도 아니고 마법을 배운 대가를 충분히 치른 아레오는 마음에 걸리는 것이 없었다.

헤알과 차링은 더 이상 가온과 동행하지 못한다는 사실에 안타까워했지만 어쩔 수 없었다.

그래도 달리아트족은 더 이상 걱정할 것이 없었다. 가온의 믿음을 확실하게 얻은 대가로 단 상단에서는 지금까지 단기 계약을 했던 것과 달리 달리아트족 전사들을 상단의 정식 호위로 계약하기로 한 것이다.

전사들이 상단에서 정기적으로 받는 봉급만으로도 달리아트족은 충분히 풍족한 생활을 영위할 수 있게 되었고, 단은 달리아트족을 위해서 마수와 몬스터의 창궐로 인해 버려지기 직전인 한 작은 도시를 구해 주었다.

길이 좀 험해서 사람과 물류의 이동이 어려운 곳이라서 더 큰 도시로 발달하기는 힘들었지만, 큰 강과 산으로 둘러싸인 그곳은 달리아트족의 안전을 보장해 줄 것이고 전사들은 안심하고 일족을 위해서 활동할 수 있을 것이다.

해당 도시를 개발하는 자금도 확보가 된 상태였다. 그동안 전사들이 상단 호위를 하면서 벌어들인 자금에 더해서 가온이 지난번에 준 자금까지 있으니 말이다.

그렇게 이곳에서의 일을 마무리한 가온은 단과 짧은 이별을 하고 조용히 폰트 시티를 떠났다.

가온 일행은 적당한 곳에서 생명의 아공간으로 넘어갔는데 이미 이곳에 자리를 잡은 네 종족이 힘을 합쳐서 새로운 거주지를 마련해 놓았다.

네 종족이 힘을 합쳐서 아레오와 아나샤를 위해 마련한 집은 어린 세계수만큼이나 큰 거목들의 얽힌 나뭇가지 위에 얹힌 나무집이었는데, 생각보다 안정적이었거니와 공간이 커서 방이 네 개나 되었다.

그중 하나는 가온의 것이었고 나머지 하나는 서재로 쓰면 맞을 것 같았다.

모라이족이 만든 상수와 하수 시설까지 갖추어져 있어서 생활의 편이성은 말할 나위도 없었다.

"너무 마음에 들어요!"

"저도 마음에 드는데 우트님의 힘이 미칠지……."

아레오는 어릴 때 꿈꾸었던 집이었다며 기쁨을 숨기지 못했지만, 아나샤는 마음에 들긴 했지만 이 공간까지 우트의 힘이 미치는지 알 수 없어 걱정을 하고 있었다.

"그건 일단 하루 지나 보면 알 수 있으니 지금은 그냥 새로운 집을 가지게 된 기쁨을 즐기자고."

가온은 그렇게 말했지만, 막상 자신은 그 기분을 즐길 수가 없었다.

네 종족의 수뇌부와 생명의 아공간과 관련된 다양한 내용을 협의해야만 했다.

물론 큰일은 없었다. 외곽의 황무지를 개척하는 일과 이 땅에서 생산된 물산의 배분 등 소소한 일들이었지만 네 종족에게는 중요한 문제였다.

아무리 생명의 아공간이 풍요로운 땅이라고 해도 전혀 다른 네 종족이 한데 어울려 살다 보니 문제가 생기지 않을 수는 없었다. 그래서 합의를 해야 하는 일들이 있었다.

가온은 자신의 영지나 다름없는 곳이니 기쁜 마음으로 열심히 논의에 참여하고 언쟁이 격화되면 중재를 하면서 회의에 적극적으로 참여했다.

'흐흐흐. 한 영지를 가진 영주가 된 기분이네.'

이런 기분은 처음이다. 지구로 말하면 꽤 큰 규모의 기업을 운영하는 기업가와 비슷한 포지션이었다.

회의 말미에는 네 종족으로부터 선물을 받았다.

"저희가 힘을 합쳐서 만들어 낸 새로운 비약인 세계수의 눈물입니다."

"세계수의 눈물이라고요?"

가온은 고려청자 특유의 비취색 액체가 영롱하게 비치는 포션 병을 에르넬 원로에게 받고 기대 가득한 얼굴로 쳐다봤다.

"그렇습니다. 세계수들이 자의로 수액을 내놓았습니다. 수액과 세계수에 맺힌 이슬 그리고 골드비의 로열젤리를 적절한 비율로 섞어서 만들었는데, 인간은 물론 동물이나 정령의 성장에도 큰 도움이 됩니다. 물론 치료 효과와 소모한 마나 혹은 정신력을 단번에 회복시켜 주는 효과도 있습니다."

"고생했겠군요."

"고생은요. 스노족의 화염 결계가 내장된 제약 전용 화로 덕분에 만들 수 있었습니다. 그리고 나가족이 재배하는 이끼의 약력도 큰 도움이 되었고요. 다만 수액이 많지 않아서 1천 병밖에 못 만들었습니다."

"저희 스노족은 유전병은 물론 생존에 어려운 환경에서 살아왔기에 결계를 이용해서 약을 연단해 왔고 그 과정에서 결계를 이용해서 높은 화력을 꾸준하게 유지할 수 있는 제약 전용의 화로를 만들 수 있었어요."

가온의 시선이 닿자 담담하게 말하는 헤르나인의 얼굴은 레어 앞에서 만났을 때와 달리 안정감이 느껴졌다.

"스노족은 아니테라에 가장 늦게 이주했는데 필요한 건 없습니까?"

"전혀 없어요. 워낙 없이 살아왔던 터라 이곳에 와서 그야말로 물질적인 풍요를 즐기는 중이에요."

하긴 항상 얼음처럼 찬 바람이 부는 깊은 협곡 아래에서 햇빛도 제대로 보지 못한 채 살아왔으니 모든 것이 부족할 수밖에 없었고, 이곳에서의 삶이 상대적으로 풍요롭게 느껴졌다.

"나가족은 어떻습니까?"

"저희 역시 안전하고 풍요로운 삶을 만끽하고 있어요. 다들 얼마나 행복해하는지 모르겠어요. 저희를 받아 주셔서 정말 감사해요. 그리고 약제의 효과를 증폭시키는 세븐리프모스는 한 달에 한 번씩은 그 정도를 드릴 수 있을 것 같아요."

예하 역시 스노족의 헤르나인처럼 만족감과 함께 가온에게 감사한 마음을 드러냈다.

"여러분의 마음은 잘 받겠습니다. 요긴하게 잘 쓰도록 하겠습니다."

자신은 큰 효용이 없겠지만 아레오나 아나샤 그리고 정령들에게는 도움이 될 것 같았다.

일행의 능력이 상승하는 것은 곧 자신의 전력 상승과 일맥상통하니 아까울 것이 전혀 없었다.

그렇게 회의가 끝나고 나서는 전 주민이 모여서 식사를 하고 친교를 나누는 시간을 가졌다.

에르넬 원로에게 들으니 열흘에 한 번씩은 반드시 이렇게 모여서 함께 식사하고 서로를 이해하는 시간을 가지기로 했다고 한다.

특히 이번에는 새로운 주민이 된 아레오와 아나샤를 환영하는 자리이기도 해서 의미가 깊었다.

외모부터가 전혀 다른 네 종족이기에 함께 살기에는 많은 어려움이 있었지만, 가온과 귀속 계약을 맺은 덕분에 이렇게 안전하고 풍요로운 땅에서 살고 있다는 공통점을 가지고 있어서 기본적으로 서로에게 호감을 가지고 있었다.

네 종족 모두 호전적인 성향도 아니고 멸족을 걱정할 정도로 힘들게 살았던 경험이 있었기에, 아니테라가 얼마나 소중한지 잘 아는 데다 이웃들과 잘 지내야 한다는 사실 역시 알고 있어서 자리는 화기애애했다.

나중에는 카오스와 녹스 그리고 마누와 카우마까지 나와서 사람들과 어울렸다.

그녀들은 아직 육체를 오래 실체화시킬 수 없기에 이런 자리에는 보통 참석하지 않고 제일 처음 심은 세계수 근처의 거처에서 따로 지냈다.

모둔과 앙헬은 아직도 진화 과정을 겪고 있는 중이라 만나지 못했는데, 만나고 싶으면서도 어쩐지 그 기회가 늦추어졌으면 하는 이중적인 생각이 들었다. 어떻게 대해야 할지 아직도 잘 모르겠기 때문이다.

그렇게 생명의 아공간에도 시간이 흘러갔다.

다음 날 새벽, 눈을 뜬 아나샤는 허전한 감각에 가온이 벌써 일어나 나갔다는 사실을 알 수 있었다.

'아무튼 부지런하기도 해.'

가온은 언제나처럼 수련을 시작했을 것이다. 언제 어떤 상황에서든 수련은 빼먹지 않는 성실한 사람이었다.

'아!'

문득 떠오른 생각에 자신의 몸을 살펴본 아나샤의 얼굴에 환한 미소가 피어올랐다.

'역시!'

몸 전체에서 우트의 힘이 생생하게 느껴졌다.

밤에 사랑을 나누면 가온만 우트의 힘을 받는 것이 아니다. 그녀 역시 가온에 비하면 적은 양이지만 매일 일정한 힘을 받을 수 있었다.

'이제 걱정하지 않아도 되겠어.'

물론 가온의 고향이라는 세계는 또 어떨지 모르겠지만 일단 제2의 고향이 될 이곳까지 우트 여신의 힘이 미친다는 사실을 확인하니 마음이 놓였다.

"우웅! 언니, 일어났어?"

이제야 아레오가 깨어난다. 푹 자고 일어난 것처럼 생기가 가득한 얼굴과 탱탱한 피부 상태를 보니 자신 역시 마찬가지일 거라는 생각에 기분이 좋아졌다.

어젯밤 그렇게 오래 뜨거운 사랑을 했음에도 환희대법을 수련한 결과로 몸과 마음이 너무나 가벼웠다.

'역시 환희대법이 최고야.'

음양대법보다 내용이 훨씬 더 어려워서 아직은 피부 상태가 개선되고 몸이 가벼워지는 정도의 효과만 보고 있지만, 함께 연공을 할 때 느끼는 쾌감의 정도는 비교할 수 없을 정도로 컸거니와 사랑하는 감정도 깊어졌다.

"온 랑은?"

"수련을 하고 있을걸."

"아무튼 우리의 남자는 정말 성실한 것 같아."

"호호호. 맞아. 그래서 더 매력적이잖아."

"맞긴 해. 우리도 빨리 수련하러 나가자."

둘은 서둘러 곁에 놓인 옷을 입고 밖으로 나갔다.

"오오! 공기가 맛있어!"

"와아! 이렇게 짙은 생명력이라니!"

공기가 너무 맑고 시원했으며 짙은 생명력을 품고 있어 아직 몸을 풀지 않았음에도 너무나 상쾌한 기분이 들었다.

두 사람은 이런 곳이라면 고향이 별로 생각나지 않을 것 같다는 생각을 하며 가온을 찾았다.

둘이 서 있는 나무집에서 조금 떨어진 작은 강가의 공터에서 수련을 하고 있는 가온이 보였다.

"온 랑!"

"같이해요!"

아레오와 아나샤는 가온을 부르며 빠르게 나무집에서 내려갔다.

체술 수련을 끝낸 세 사람은 아무것도 걸치지 않은 알몸이 되어 강물로 들어가서 몸을 씻었다.

아침은 모라이족이 만든 요구르트와 빵으로 이곳에서 재배되는 것들로 만들었기 때문에 맛도 맛이지만 풍미가 아주 대단했다.

"온 랑, 저희는 한동안 이곳에서 수련을 할까 해요."

"두 사람 모두?"

"네. 저는 단 상단주에게 받은 심상력 각론을 연구하면서 이번 기회에 제가 익힌 마법을 한번 천천히 돌아볼 생각이에요."

"아나샤는?"

"저도 단 상단주에게 선물 받은 니힐스톤을 성물로 만드는 한편 갓상점을 쭉 둘러보고 새로운 치료술을 익힐 생각이에요. 온 랑처럼 많은 사람을 대상으로 하는 치료술을 익히고 싶어요."

그럴 거라는 의사를 슬쩍 내보이기는 했지만 어젯밤을 기점으로 확실하게 마음을 굳힌 모양이다.

"좋은 생각이네. 둘이 없어서 좀 외롭겠지만 꼭 필요하겠다 싶긴 해."

탄 차원에 같이 가고 싶다고 하면 당연히 그럴 생각이지만 투하란은 물론이고 은근히 자신에게 들이대는 여자 대원들 때문에 불편한 마음이 없지는 않았는데 잘됐다.

"그런데 수련은 얼마나 걸릴까?"

먼저 아레오에게 물었다.

"적어도 한두 달은 걸리지 않을까요?"

"저도 그 정도 시간은 필요할 것 같아요."

"호호호. 온 랑의 표정을 보니 그동안 어떻게 뜨거운 몸을 달랠지 걱정이 되나 보네요."

"아, 아니야. 당연히 참아야지."

그렇게 말하긴 했지만 사실 그것도 문제긴 하다. 예전에도 그랬지만, 마족을 해치운 후에는 성욕이 너무 강해지기도 했고 매일 함께 잠을 자다가 혼자 자려니 그것도 힘들 것 같았다.

"호호호. 참을 필요 없어요. 침식을 잊을 정도로 수련할 건 아니니까 언제든 찾아오세요."

아나샤의 말에 가온의 얼굴이 환해졌다. 역시 아나샤다.

짧은 복귀

돌아왔다!

뿌연 증기가 피어나고 있는 익숙한 온천이 눈에 들어왔다.

'아무도 없군.'

온천을 보니 새삼스럽게 투하란 왕녀와 나누었던 뜨거운 사랑의 시간이 바로 어제처럼 생생하게 떠올랐다.

시간 비율이 무려 100배이기 때문에 자신이 느끼는 시간 감각은 이곳 사람들과 큰 차이가 날 테지만 어쨌거나 가온에게는 굉장히 오랜 시간이 걸렸다.

하지만 그런 감각에 마냥 취해 있을 수가 없었다. 익숙하면서도 의외의 안내음이 들려온 것이다.

-불가능에 가까운 업적을 달성했습니다! 특별 보상으로 특성을 획득합니다!

　-CWT-548차원의 신들이 그대에게 더할 수 없는 고마움을 느꼈습니다. 그들의 선물을 획득합니다!

　'이게 무슨 일이래?'

　의뢰 완수에 따른 보상은 추가 보상까지 합쳐서 이미 받았는데 또 다른 보상이 주어졌다.

　'이건 대체 누가 주는 거지?'

　차원 의뢰를 주재한 그 어떤 존재 혹은 시스템이 주는 것은 아닌 것 같다. 특히 두 번째 보상은 더욱 그런 추측에 힘을 주었다.

　'이 우주를 관장하는 세력들이 여러 개인가?'

　문득 그런 생각이 들었지만 오래 하지는 않았다. 보상에 관심이 쏠렸다.

　일단 특성부터 확인했다.

호흡의 달인

등급 : S
상세
　-대기 조성이 다른 행성이나 차원에서도 호흡을 통해서 필요한 에너지를 얻을 수 있다.
　-호흡을 할 수 없는 환경에서는 일정량의 마나를 소모하여 30일간 정상적인 활동을 할 수 있다.

생각보다 훨씬 좋은 특성이었다.

'차원 의뢰를 하려면 필수적인 특성이긴 하네.'

사실 CWT-548차원의 대기는 지구나 탄 차원과 유사해서 호흡하는 데 별다른 곤란을 겪지는 않았지만 다 같지는 않을 것이다. 앞으로도 몇 번은 더 차원 의뢰를 수행해야만 하는 가온에게는 반드시 필요한 특성이었다.

'CWT-548차원의 신들이 주는 선물이면 뭘까?'

선물을 확인한 가온은 깜짝 놀랐다.

'영력이야!'

신들의 선물이라고 해서 당연히 신성력을 생각했는데 영력을 받았다. 그것도 무려 44만이나 말이다.

'이제 100만이 넘었어!'

선와술이라는 사기적인 스킬을 지금보다 훨씬 더 오래 펼칠 수 있어서 무엇보다 만족스러운 선물이었다.

'이건 좋네! 모두 감사합니다! 사람들을 위해서 유용하게 쓰겠습니다!'

가온은 어떤 신들인지는 모르겠지만 그들에게 진심으로 감사한 마음을 담아서 기도를 했다.

'다들 잘 지내고 있겠지?'

가온은 아무 생각 없이 대원들을 만나러 가려고 했다가 이내 발길을 멈추었다.

'한동안 혼자 수련을 하겠다고 해 놓고 사흘 만에 나타나

면 이상하겠지?'

대원들은 헤어질 때를 기점으로 일주일 동안 이곳에서 휴가를 즐긴 후 틀람 왕국에서 마련해준 은밀한 곳에서 보름 정도 집중 수련을 하기로 했다.

자신에게나 아득한 시간이지 이곳에 있는 대원들에게는 불과 며칠에 불과하니 지금 방문하면 휴식을 깨뜨리는 것이 된다.

'그럼 일단 접속을 끊고 현실에 다녀오자.'

가온의 시간으로는 거의 1년 가까이 부모님을 만나지 못해서 너무 그리웠다.

'벼리야, 그동안 나한테 연락 온 거 없었니?'

그런 말은 없었지만 혹시나 해서 물었다.

―어제 바로에게 전화가 왔지만 금방 끊어지더니 다시 안 왔어요. 전화를 걸다가 무슨 일이 생긴 것 같아서 오빠에게는 알리지 않았어요.

'그랬구나. 부모님의 전화는 없었고?'

―네.

'어떻게 지내셔?'

두 분 모두 어나더 문두스를 즐기고 있다고 알고 있었지만 그래도 혹시 몰라서 벼리의 능력으로 상시 지켜보게 했다.

―아버님은 소속된 길드와 함께 던전에서 플레이를 하고 계시는데 무척 재미가 있으신 것 같아요.

'엄마는?'

-어머니는 주말에만 간간이 접속해서 플레이를 하시는데 친구분들과 만나서 맛집 순례를 하세요. 현실에서는 그동안 즐기지 못했던 드라마 등 영상 콘텐츠를 두루 섭렵하시거나 가까운 곳에 사시는 지인들과 저녁을 겸한 자리를 많이 가지시고요.

두 분 모두 자신이 좋아하는 방식대로 인생을 즐기고 있는 것 같아서 참으로 다행이다.

'이렇게 사실 분들이 못난 나 때문에 이혼까지 하시고 힘들게 사셨으니…….'

새삼스럽게 예지몽이 너무나 고마웠다. 미리 알고 대비를 했기에 망정이지 자신의 실수로 인해서 자신은 물론 부모님의 인생까지 망가질 뻔했다.

아무튼 아주 오랜만에 현실로 돌아가서 부모님의 얼굴이나 봐야겠다.

씻고 나와 시간을 보니 오후 4시가 막 넘었다.

'아빠는 게임 삼매경에 빠져 있을 시간이고 엄마는 아직 회사에 계시겠네.'

오늘은 금요일이니 이따 저녁에 전화를 하고 내일 내려가면 될 것 같았다.

그렇게 집에 내려가려는 계획을 내일로 미루자 갑자기 할 일이 없어져 버렸다.

'다시 접속할까?'

잠깐 그런 생각을 하던 가온은 매디에게 전화를 걸었다.

'받으려나?'

아직 어나더 문두스에 접속해 있을 수도 있다는 생각에 막 끊으려고 할 때 매디가 전화를 받았다.

-가온 씨!

"하하하. 막 끊으려고 했는데. 잘 지냈어요?"

-저야 잘 지냈지요. 가온 씨는요?

"이제 기초 수련이 끝나서 며칠 쉬려고요?"

-그랬구나. 안 그래도 우리도 던전 공략이 끝나서 쉬는 중이에요. 어제 바로가 가온 씨에게 전화를 건다고 하기에 수련에 방해가 될까 싶어서 말렸어요.

전화를 했다가 금방 끊었다고 하더니 그렇게 된 일이었다.

"한번 뭉칠까요?"

-좋죠. 그런데 언니는 바빠서 안 될 것 같은데…….

"바빠요?"

-네. 요즘 스킬 수련에 꽂혀서 전력투구를 하고 있어요. 좀 우습게 들릴 수도 있지만 언니가 온 대장을 사모하고 있는데, 경쟁자가 워낙 많아서 자신의 존재감을 위해서 노력해야 한다고 하더라고요.

"사형을 사모한다고요?"

헤븐힐이 자신에게 특별한 감정을 가진 것은 이미 알고 있었지만 매디에게 들으니 또 다른 느낌이다.

　-네. 처음에는 NPC라고 무시했던 플레이어들이 요즘은 그쪽 사람들하고 활발하게 교류를 하잖아요. 언니의 경우처럼 그쪽 사람들과 연애를 하는 사례도 꽤 많고요.

　"그게 가능한 일입니까?"

　-그러게요. 사랑엔 국경도, 나이도 없다는 말이 사실인가 봐요. 언니를 안 지 꽤 되었는데 누구를 그렇게 깊이 좋아하는 건 처음 봐요. 너무 진지해서 말릴 수도 없고요.

　"뭐 당사자가 좋으면 그만이긴 한데 한계가 너무 뚜렷해서 말리고 싶네요."

　-제 말이요. 그러다가 상처를 받을까 봐 걱정이에요. 한편으로는 누군가를 그렇게 좋아하는 모습이 부럽기도 하고요.

　"부러워요?"

　-네. 현실이든 게임 안이든 누군가를 좋아하고 사랑한다는 건 행복한 일이잖아요.

　맞는 말이기는 하다. 그 역시 아레오와 아나샤를 만나 사랑을 하면서 무척 행복한 시간을 보내고 있지 않은가.

　-그런데 우리 몇 시에 볼까요?

　"전 아무 때나 괜찮아요."

　-전 지금 되는데 바로는 사이트 관리를 시작해서 2시간 정도 걸릴 것 같아요.

　"그럼 우리 둘이 먼저 만날까요?"

-우, 우리 둘이서요?

왜 매디의 목소리가 떨리는 것처럼 느껴지는지 모르겠다.

"날도 좋은데 산책이라도 하게요."

벌써 겨울이 되었는데 오늘따라 하늘이 구름 한 점 없이 파랗고 아주 높았다.

-좋아요. 그럼 30분 후에 로비에서 만나요.

같은 오피스텔에서 사니 이런 점에서는 좋았다. 시간이 괜찮다고 하면서 왜 30분씩이 더 필요한지는 모르겠지만 말이다.

오랜만에 만난 매디는 따듯해 보이는 니트와 외투를 걸치고 있었는데 전체적으로 푸근하고 따듯한 느낌을 주었다.

"왜 이렇게 춥게 입고 나왔어요?"

"추운 건가요?"

청바지에 티 그리고 그 위에 남방과 가디건을 걸치고 나왔지만 춥다는 느낌은 전혀 받지 못했는데 매디가 마치 혼을 내듯 말했다.

"무지 추워 보여요. 봐요. 바람이 얼마나 찬데요."

그러고 보니 벌써 로비에도 온풍기가 작동하고 있었다.

'난 왜 안 춥지?'

그러고 보니 단전을 생성하고 기를 쌓은 후로는 추위나 더위를 잘 타지 않는 것 같긴 했다.

"춥지 않은 것도 있지만 옷이 없어서요."

사실 추동복은 대부분 천안 본가에 있었고 그 전에 입던 것은 세탁을 했어야 하는데, 맡기질 않아서 지금은 입을 만한 겉옷이 없었다.

"그럼 옷 사러 갈래요?"

"옷을요?"

너무 뜻밖의 제안이라서 잘못 들은 줄 알았다.

"네. 가온 씨처럼 훤칠한 사람이 유행이 지난 옷을 입고 다니는 게 영 눈에 걸려서 안 되겠어요!"

매디의 말에 가온은 씁쓸한 표정을 지었지만 이내 그녀의 제안을 받아들였다.

'내가 옷이 없기는 하지.'

게다가 패션 감각도 없는 편이다. 아마 그래서 대학 새내기 때 만난 여친에게 차였는지도 모르겠다.

쇼핑 장소는 오피스텔에서 멀지 않은 의류타운이었는데 사람은 많지 않았다.

"여긴 항상 사람들이 북적거리던 곳이었는데……."

저렴하면서도 질이나 디자인이 좋은 옷들을 많이 파는 곳이라 가온의 기억 속에서는 굉장히 인기가 있는 쇼핑 장소여서 의아했다.

"많은 사람들이 어나더 문두스를 즐기는 바람에 현실에서의 소비가 확 줄었다는 뉴스를 들은 적이 있어요."

듣고 보니 그럴듯했다.

어나더 문두스의 등장으로 인해서 젊은 층은 현실에서의 삶보다 가상현실에서의 삶에 푹 빠진 것이다.

사람이 많지 않아서 오히려 쇼핑은 생각보다 즐거웠다. 자신이 마치 모델이 된 것처럼 이것저것 입어 보는 재미가 쏠쏠했다.

옷에 대해서 자신만의 주관이 강했다면 여자가 주도하는 이런 쇼핑이 매우 힘들었겠지만 가온은 자신의 부족함을 잘 알기에 매디가 골라 주는 옷들을 입으면서 많은 것을 깨우치고 있었다.

그런 과정을 거쳐 새로 탄생한 가온은 자신이 봐도 놀랄 정도로 잘 어울리는 옷을 입고 있었다. 특히 가운처럼 길고 두꺼운 가디건은 그의 인상을 부드럽고 따뜻하게 만들어 주었다.

"호호호. 이제 좀 봐 줄 만하네요."

활짝 웃으며 만족감을 표현하는 매디와 거울에 비친 자신을 번갈아 보던 가온이 피식 웃었다.

'그러고 보니 커플룩이네.'

동일한 디자인은 아니지만 색감이나 풍기는 분위기가 묘하게 비슷했다.

그래서 마지막에 가디건을 구입한 가게의 점원이 그런 말을 했던 모양이다.

"정말 잘 어울리세요. 두 분, 혹시 모델 아니죠? 남자분은 영락없이 모델이나 배우일 것 같은데 이미지나 분위기가 너무 비슷해요. 그야말로 선남선녀세요!"

매디는 미소가 무척 따듯하고 아름다운 미모의 소유자지만 20대 아가씨치고는 다소 풍만한 몸매를 가지고 있었다.

처음 만났을 때보다는 살이 좀 빠졌지만 여전히 굴곡이 뚜렷한 몸매는 아니었다.

그에 반해 가온은 점원의 말대로 영락없는 연예인 포스를 가지고 있었다.

신체 조건도 그렇고 선이 뚜렷하고 조화를 이룬 이목구비 그리고 맑고 강렬한 눈빛을 보면 누구라도 그가 연예인이 아닌가 의심할 것이다.

"어머! 벌써 시간이 이렇게 됐네."

짧아진 해가 이미 넘어가고 가로등이 빛을 밝히고 있었다.

"천천히 걸어가면 바로가 나오는 시간을 맞출 수 있겠네요. 오늘 쇼핑 같이해 줘서 정말 고마워요."

"호호호. 뭘요. 옷걸이가 이렇게 근사한데 매번 이상하게 옷을 입고 있어서 신경이 많이 쓰였어요. 그리고 혼자 너무 무겁겠다. 같이 들어요."

매디가 가온이 들고 있는 옷 가방을 받아 들려고 했다.

"아니에요. 무겁지 않아요."

"무겁지 않긴요. 입었던 옷들도 있고 오늘 산 것들만 해도 여섯 벌이나 되는데……."

그렇게 말하던 매디가 갑자기 눈을 끔뻑거렸다. 옷 가방을 강제로 빼앗는데 가온이 다시 잡는 바람에 그의 손이 매디의 손을 감싸 쥔 것이다.

'따듯해!'

해가 져서 그런지 기온이 빠르게 내려간 터라 손이 시렸는데 그의 큼지막한 손이 감싸자 가장 먼저 따듯한 온기가 느껴졌고, 그다음에는 알 수 없는 안정감이 들었다.

마치 처음 맞닥뜨린 상황에 어찌할 바를 모르고 불한해하던 어린 자신을 안아 주는 아빠의 넓은 가슴이 주는 느낌처럼 말이다.

"매디 씨 덕분에 올겨울은 따듯하게 날 것 같아요."

가온이 손을 떼지 않고 말했다.

"답례로 다음에 옷 한 벌 사 주고 싶은데 괜찮을까요?"

"네에."

매디가 평소의 그녀가 그랬듯 조신하게 대답했지만 가온의 손을 빼지 않았다.

옷을 사 준다는 것은 아주 오래전부터 호감이 가는 여성에게 마음을 전할 때 하는 행동이고, 그 제의를 받아들인 것은 상대의 마음을 받아들인다는 의미라는 사실을 두 사람 모두 알고 있었다.

그래서 오피스텔까지 걸어가는 동안 두 사람 사이에는 별다른 대화가 없었음에도 불구하고 두 사람의 겹쳐진 두 손은 계속 그 상태로 유지되었다.

해가 진 후 오늘따라 유독 강한 찬 바람이 불기 시작했지만 매디는 전혀 추위를 느끼지 못했다. 자신의 손을 감싼 가온의 손에서 전해지는 온기가 전해져서 오히려 따듯하기만 했다.

그 온기 때문인지 별다른 대화가 없어도 마치 계속 정담을 나누고 있는 것처럼 마음이 편안했고 따듯했다.

그래서 바로가 합류한 후에는 오히려 춥다는 생각이 들었다. 가온의 손이 사라졌기 때문이다.

가온과 매디는 신난 얼굴로 그동안의 모험에 대해서 열변을 토하는 바로의 말을 적당히 대꾸하면서도 서로 눈빛을 교환했고 그럴 때마다 두 사람의 얼굴에는 미소가 떠올랐다.

다만 가온의 마음은 복잡했다.

'사랑하는 이가 셋이나 되는데 왜 매디에게 이런 마음이 드는 거지? 혹시 내가 타고난 바람둥인가?'

자신에게는 아레오도 있고 아나샤도 있으며 투하란도 있다. 세 여인과는 깊은 관계를 맺었고 특히 아레오와 아나샤는 평생 같이하기로 약속했다.

이런 상황에서 또 다른 매력을 가진 매디에게 마음이 가고 있으니 자신이 뭔가 잘못된 것이 아닌가 하는 생각이 들었다.

'매디를 위해서라도 이러면 안 되는 거 아닐까?'

그런 생각도 했지만 매디에게 향하는 호감은 어떻게 할 수가 없었다.

'후유! 일단 시간을 두고 진지하게 생각해 보자.'

더 두고 생각을 한다고 해서 뚜렷한 해결책이 나올 리는 만무하겠지만 그래도 매디를 향한 마음을 강제로 막을 수는 없었다.

매디와 바로는 가온과 함께 플레이를 했으면 좋겠다고 재차 말했지만, 현실적으로 쉽지 않은 일이었다. 나흘 후에는 전 대원이 모여서 집중 수련을 하기로 했기 때문이다.

결국 같이 플레이하는 건 나중으로 미룰 수밖에 없었다.

사형제들

가온은 다음 날 바로 어나더 문두스에 다시 접속을 했다.

'내려오지 말라고 하실 줄은 몰랐네.'

어젯밤에 부모님과 통화를 했는데 아버지는 지금 공략 중인 던전 때문에 로그아웃을 한 이후에도 오프라인에서 공대회의가 있다고 했고, 엄마는 오늘 일찍 친구들과 놀러 가기로 했다고 다음에 내려오라고 하셨다.

아마 어제저녁에 매디 남매와 좋은 시간을 가지지 않았더라면 서운했을 것 같았지만, 부모님이 각자의 생활을 즐기고 계신 것 같다고 생각하며 가볍게 넘기기로 했다.

다시 토레토의 온천에 나타난 가온은 잠시 생각을 하다가 그동안 미뤘던 일을 하기로 했다.

'스승님은 어디에 계시려나?'

시간이 난 김에 은거하고 있는 볼코트 스승을 찾아가려는 것이다.

'시간이 나면 고대 도서관 유적지도 방문하자.'

마법에 폭 빠져 있는 벼리와 파넬이 몇 번이나 부탁하기도 했지만 최근에 합류한 알테어도 강하게 부탁한 일이다.

가온은 받아 놓고 별로 쓰지도 않은 통신 수정구에 마나를 주입해서 활성화시켰다.

—가온이냐?

"네, 스승님. 연락이 늦었습니다. 그동안 건강하셨습니까?"

—에휴! 무심한 녀석. 이제야 연락을 하는 것이냐?

"죄송합니다. 핑계 같지만 그동안 많은 일들이 있었습니다."

—그랬을 테지.

"이제야 시간이 나서 찾아뵈려고 합니다."

—흠. 네 사형들의 수련이 중요한 시점이기는 하지만 상관은 없겠지. 내가 준 스크롤을 찢어라.

"네, 스승님."

텔레포트 스크롤을 찢자 환한 빛무리가 그의 몸을 감싸더니 이내 사라졌다.

익숙한 공간 이동의 느낌이 사그라들자 보이는 것은 지름이 10여 미터 정도인 원형의 공간이었는데 눈앞에 익숙한 인물이 그를 자애로운 눈빛으로 쳐다보고 있었다.

"그동안 강녕하셨습니까, 스승님?"

오랜만에 본 볼코트의 모습은 무척 수척했지만 눈빛만은 더 맑고 강렬했다.

"나야 잘 지냈지. 어서 오너라."

"이곳에 스승님의 던전이군요."

"어떠냐?"

"좋은 것 같습니다."

다른 시설까지 둘러본 것은 아니지만 푹신해 보이는 긴 소파나 테이블로 보아서 휴식을 위한 공간으로 보이는 이곳만 봐도 대충 짐작할 수 있었다. 공기는 쾌적했고 무척 깨끗했다.

"그렇다니 다행이구나. 아! 네 사형들이 오는구나."

헐레벌떡 계단을 뛰어 내려오는 두 사람은 중년에서 장년으로 넘어가는 나이로 보였는데, 연구나 수련을 하던 중이었는지 다크서클이 짙어진 얼굴을 빼면 볼코트와 분위기가 비슷했다.

"인사들 하거라. 이쪽은 너희들은 사제인 온 훈이다. 나와

나크 훈의 공동 제자이지. 그리고 이쪽은 나를 따라 블루스카이 마탑에서 나온 네 사형들이다."

"사형들께 인사드립니다. 온 훈입니다."

"하하하. 스승님께 사제 얘기는 많이 들었네. 난 홀란스 찬이라고 하네."

"마법 수준은 낮지만 소드마스터라지? 시장에 나갈 때마다 사제와 온 클랜에 대한 소문을 듣네. 나는 오르도스 찬이라고 하네."

찬이라는 스승의 성까지 물려받은 것을 보면 볼코트가 이들을 얼마나 아끼는지 알 수 있었다.

"네 사형들의 자질이나 성실함은 나를 능가한다. 벌써 6서클의 벽을 넘어섰지."

"그렇습니까? 참으로 대단하십니다!"

6서클이면 마탑의 장로에 해당하는 실력자이기에 놀랄 수밖에 없었다.

"대단하긴. 소드마스터이자 마검사인 자네와 어찌 비교할 수 있을까."

"맞는 말씀입니다. 사제야말로 우리 스승님의 자랑이지."

사형이라서가 아니다 홀란스와 오르도스의 청수한 외모는 물론 맑고 서늘한 분위기를 보면 이들이 성격이 배배 꼬인 보통의 마법사들과는 차원이 달랐다.

"허허허. 사형제라고 서로 얼굴에 금칠을 하지 말고 이쪽

예지몽으로
히든랭커

으로 앉거라."

가온과 두 사람은 미소를 지으며 테이블에 앉았다.

"아! 좋은 차를 구했는데 대접을 해도 될까요?"

"하하하. 기대해도 되는 거지? 장을 본 지 오래되어 이곳에는 마실 만한 차가 없네."

마음을 편하게 해 주는 오르도스의 너스레에 빙긋 웃은 가온은 아공간에서 다구 세트와 물병 그리고 이번에 생명의 아공간에 갔을 때 알름 족장에게 받은 찻잎을 꺼냈다.

"마나가 농후한 곳에서 자란 차나무에서 딴 어린잎으로 만들었다고 합니다. 머리와 몸을 맑고 시원하게 만들어 주더군요."

차나무는 맞는데 세계수와 가까운 곳에 심었기 때문에 빨리 성장하기도 했지만, 어린잎은 강한 생기를 가지고 있었다.

가온은 익숙한 손길로 물병의 물을 찻주전자에 넣고 한 손바닥 위에 올린 후 열기를 방출하자 물이 금방 끓어올랐다.

그 후 끓은 물에 찻잎을 적당히 넣고 잠시 우린 후 두 번은 버리고 세 번째 잔에 찻물을 따라 세 사람의 앞에 놓았다.

"호오. 네 손길에서 느껴지는 정성을 보니 기대가 크구나!"

먼저 차를 한 모금 마신 볼코트의 만면에 미소가 피어났다.

그 모습을 본 홀란스와 오르도스도 차를 마셨는데 눈이 휘둥그레졌다.

"세상에! 이런 순정한 향과 맛이라니."

"대단합니다! 전설에 나오는 세계수의 잎에 맺힌 이슬이 이런 맛과 향을 가지지 않았을까 싶네요."

두 사람 역시 극찬을 쏟아냈다.

"피로를 풀어 주고 뇌 기능을 활성화시켜 주는 효과가 있다고 합니다. 저는 차에 대해서 잘 모르니 스승님과 사형들께 드리겠습니다."

가온은 알름 족장이 꼼꼼하게 포장해 놓은 찻잎 꾸러미를 꺼내 놓았다.

"그런데 이 그릇들은 뭐냐?"

탄 차원은 차를 마시기는 하지만 전문적인 다기가 거의 없었다.

"제대로 된 차맛을 즐기기 위해서 한 장인이 만든 도기입니다. 잔이 작은 것은 맛과 향을 제대로 즐기기 위함이라고 들었습니다. 마침 몇 세트를 받았으니 이것들은 이곳에 놓고 쓰십시오."

가온은 내친김에 다구 세 세트를 꺼내 놓았다. 그것들은 생명의 아공간에 거주하는 엘프족의 장인들이 만든 것으로 10세트를 선물 받았다.

"하하하. 고맙네! 마법 이론을 연구할 때 큰 도움이 될 것

예지몽으로
히든랭커

같네. 부자 사제가 있으니 정말 좋군!"

두 사형 중 유쾌한 성격을 가진 오르도스가 활짝 웃으며 먼저 다구 세트와 찻잎 꾸러미를 챙겼다.

"우리도 차를 즐기기는 하지만 이렇게 뛰어난 차와 멋스러운 다구는 처음이네. 아마 마탑주도 이 정도의 상등품들은 구경도 못 해 봤을 거야."

홀란스 역시 만족감을 드러내면서 자신의 몫을 챙겼다.

"고맙긴 한데 걱정이구나. 이렇게 좋은 차에 익숙해지면 나중에 다른 차는 못 마실 것 같은데."

"걱정하지 마세요, 스승님. 언제든 말씀만 하시면 보내 드리겠습니다."

그제야 우려의 빛을 지우고 웃는 볼코트를 보면서 가온은 내심 웃었다. 세 사람이 너무 소박하고 순수하다고 생각한 것이다.

"그런데 스승님의 수련은 어떠십니까?"

두 사형이 6서클이 되었다기에 조심스럽게 묻는 것이다.

"허허허. 벽은 이미 넘었다. 하지만 너무 늦게 경지를 넘었기 때문에 안타깝게도 바디체인지를 하지 못했구나. 남은 나날들이 별로 없어 원통하구나."

마법사가 보통 7서클의 벽을 넘으면 검사가 소드마스터가 될 때처럼 낮은 확률로 바디체인지를 겪게 되는데 볼코트에게는 그런 행운이 없었던 모양이다.

"아아! 축하드립니다, 스승님! 아무래도 제가 구한 물건이 스승님과 두 사형님을 위해 제 눈에 띈 것 같습니다."

가온이 꺼낸 것은 뤼나웜의 말린 심장이었다.

"그건 뭐냐?"

"얼마 전 점보던전에 들어갔다가 힘들게 구한 물건인데 회춘의 효과가 있습니다. 직접 확인했는데 500개 정도를 먹으면 10년 정도 젊어집니다."

"……."

너무 황당했는지 세 사람의 입이 떡 벌어졌다.

"거기에 마나가 증진되는 효과까지 가지고 있습니다. 저야 젊기 때문에 500개까지는 먹지 않아서 회춘 효과는 제대로 보지 못했지만, 피부가 매끄러워지고 육체가 강건해지며 마나가 증진되는 효과는 확실하게 확인했습니다."

덜덜덜.

볼코트가 떨리는 손으로 뤼나웜의 말린 심장 하나를 집어 들더니 눈을 감고 집중했다. 아마 특별한 감정 스킬을 발현하는 것 같았다.

얼마 후 눈을 뜬 볼코트의 반응은 광적이었다. 자리에서 벌떡 일어나더니 마치 삿대질을 하듯 가온에게 손을 뻗으며 외쳤다.

"맙소사! 이런 영약이 세상에 존재하고 있다니! 대체 이것을 어떻게 구한 것이냐? 더는 없고?"

어떤 방식으로 확인했는지는 알 수 없지만 가온이 말한 효과를 확인한 것이다.

"안타깝게도 그 던전에서 구한 것은 이것들이 전부입니다. 그래도 1,500개이니 세 분에게는 충분할 겁니다."

"……정말 고맙구나! 제자라고 받아들이곤 해 준 것도 없이 받기만 해서 어쩌누."

볼코트는 진심으로 미안해하고 있었다.

"아닙니다. 스승님 덕분에 마검사가 되지 않았습니까. 그 덕분에 구한 물건이고 저야 젊으니 당연히 스승님과 사형들께 드려야지요."

"고맙네, 사제. 이 은혜를 어떻게 갚을지 모르겠네."

"이 사형은 자질이 낮아서 스승님의 가르침을 받고서야 겨우 경지를 넘었네. 그 바람에 경지를 넘은 효과가 육체에 미치지 못해서 나중에는 노쇠해진 육체 때문에 평생 궁구(窮究)해 왔던 마법의 길을 어느 순간 포기해야 하는 건 아닌지 불안했는데, 10년의 시간을 벌게 되었으니 정말 이 은혜를 어떻게 갚을지 모르겠네."

세 사람은 얼마나 감동했는지 눈물을 보일 정도였다.

"은혜는요. 저 또한 언젠가 사형들의 도움을 받아야 할 때가 있을 텐데 어찌 내외를 하십니까. 그리고 이건 한꺼번에 많이 먹으면 부작용이 있기 때문에 매일 열 개씩 드시면 됩니다."

"고맙구나. 이제까지는 나는 물론 네 사형들의 벽을 깨기 위해서 정진했기 때문에 따로 준비한 것은 없지만 널 위해 선물을 마련해 주마."

볼코트는 자신을 따라 마탑을 나온 두 제자를 챙기느라 사실 가온의 존재는 잊고 있었다. 그렇기에 마음이 많이 불편했다.

제자는 이렇게까지 자신을 생각하고 있는데 자신은 잊어버리고 있었으니 너무 미안했다.

"아닙니다. 선물이나 대가를 바란 적은 없습니다."

"하하하. 네 선한 마음을 내 어찌 모르겠느냐. 몇 가지 생각해 둔 것이 있으니 기대하거라."

"사제, 내 선물도 기대하게."

"아마 내 선물이 가장 도움이 될 걸세."

네 사람은 서로를 향한 따듯하고 맹목적인 마음을 함께 공유했다.

"그나저나 이곳은 어딥니까?"

"왕국 북쪽의 깊은 산악 지대라네."

오르도스가 대답해 주었지만 그 내용만으로 이곳의 위치를 파악하기는 힘들었다.

"근처에 어떤 도시가 있습니까?"

"에본이라는 소도시가 가장 가까운데 걸어서 가려면 족히 보름은 가야 할 거야."

에본이라, 들어 본 적이 없었다.

"그럼 그곳에서 생필품과 필요한 물건을 구하시는 건가요?"

"아무래도 그렇지. 다만 도시라고 해 봐야 인구가 1만에도 미치지 못하는 자치도시라서 대단하지는 않아. 정말 꼭 필요한 물건을 구하려면 다트 백작령까지 가야 해."

다트 백작령은 들어 봤다.

'가만, 이름이 왠지 익숙한데.'

손으로 던지는 화살의 이름과 같아서 기억이 났다.

'다트 백작령에서 규모가 큰 대형 던전이 생성되었던 것 같은데……'

첫 번째 예지몽인지 두 번째 예지몽인지는 알 수 없지만 그런 내용이 흐릿하게 떠올랐다.

"사제, 왜? 구할 물건이라도 있는 거야? 그럼 같이 가 주지."

"그건 아닌데 중간에 마땅히 구할 곳이 없어서 세 분에게 드리려고 했던 생필품들을 사지 못해서요."

마음이 급해서 그곳에 가려고 핑계를 댔다.

"하하하. 사제의 마음 씀씀이가 참으로 마음에 드는군. 마침 식량도 떨어져 가고 몇 가지 마법 재료도 부족했는데, 나와 다트 백작성에 다녀오도록 하지. 아! 돈 걱정은 하지 마. 틈틈이 사냥을 해서 팔 게 제법 많거든."

"잘됐구나. 나는 온을 위해서 매직북을 만들고 있을 테니까 셋이 다녀오거라."

그렇게 예정에도 없던 세 사형제의 짧은 여행이 결정되었다.

가온은 두 사형과 함께 다트 백작성의 공방을 돌면서 그동안 사형들이 사냥을 통해 확보한 마수와 몬스터의 가죽과 다양한 부산물을 팔았다.

"하하하. 사제와 함께 와서 그런지 가격을 잘 받은 것 같은데."

"맞습니다, 사형. 심심할 때마다 잡은 녀석들이 꽤 돈이 되네요. 하지만 언제나 그랬듯 돌아갈 때는 또 빈손이겠지요?"

두 사람이 손에 쥔 돈은 대략 200골드에 달하니 적은 돈은 아니지만 구입해야 할 물건들은 아주 많았다.

"스승님께 들으셨는지 모르겠지만 저 상당히 부자입니다. 그러니 돈에 구애받지 마시고 이번 참에 구하고 싶은 물건들은 모두 사세요."

"정말?"

"네! 던전 몇 개를 클리어하면서 큰돈을 벌었으니 마음껏 구입하셔도 됩니다."

보통은 사제가 이렇게 말해도 사형 된 입장에서 사제의 말대로 하는 경우는 없었지만, 홀란스와 오르도스는 정말 자신들이 필요한 물건들을 대량으로 구매했다.

하지만 가온은 그런 두 사람이 경우가 없다고 생각하지는 않았다.

'어릴 때부터 평생 마탑에서만 지냈다고 하더니 정말 순수하시네.'

아주 어릴 때 마나 친화력이 높다는 이유로 팔리다시피 마탑에 들어와서 오십이 넘을 때까지 밖에는 거의 나가 보지 못하고 마법 수련과 자신들에게 할당된 마법적인 연구만 해 왔으니 세상 물정을 모를 수밖에 없었다.

아마 경제적으로 곤궁한 상황도 스승인 볼코트를 따라 마탑을 나온 후에야 처음 경험했을 것이다.

두 사람의 삶을 이해하기에 가온은 2천 골드 정도를 더 지출하는 데 전혀 불편한 마음이 들지 않았다. 아니, 두 사형의 순수한 마음에 더 구입하도록 유도하기도 했다.

"스승님이 말린 이마린포를 좋아하시는데 좀 사도 될까?"

"스승님께서 입맛이 없으실 때는 샤레 가루가 들어간 수프를 찾으시곤 하는데 샤레가 엄청 비싸서 그동안은 못 샀거든. 조금만 사자."

마법 연구에 필요한 재료는 몰라도 구입하는 식료품은 대부분 스승인 볼코트의 기호에 맞추어져 있으니 안 사 드릴 수가 없었다.

그렇게 장까지 다 본 세 사람은 잠시 휴식을 취할 겸 시장과 가까운 술집에서 도수가 약한 과실주 한 잔씩 마시기로 했다.

과실주를 마시면서 가온은 세 사람의 평소 생활이나 마법에 대한 질문을 했고, 주로 오르도스 사형이 대답을 하는 식으로 대화를 나누었는데 막 나오려고 할 때 귀에 흥미로운 이야기가 들어왔다.

"자네가 본 그곳이 던전이 맞지?"

"맞다니까. 그것도 유적지 던전이라고."

가온의 눈은 주점 구석에 앉아 있는 모험가 혹은 사냥꾼으로 보이는 두 사람에게 향했다.

가까이 붙어 앉아서 귀엣말을 나누는 두 사람이 언급한 유적지 던전이라는 단어에 귀를 쫑긋 세웠다.

"당장 길드에 알려야겠네."

"뭐 하러?"

덥수룩한 붉은 수염을 가진 중년 남자의 말에 매부리코를 가진 중년 남자가 고개를 가로저었다.

"당연히 알려야지. 유적지 던전이면 보상도 쏠쏠할 텐데."

"보상이라고 해 봐야 겨우 100골드 정도에 불과하잖아."

"허어, 이 친구. 100골드가 적어서?"

"당연히 적지. 이계인들에게 던전 정보를 넘기면 그 열 배는 벌 수 있다고."

"이 근처는 너무 위험해서 이계인들이 활동하지 않는다는 사실을 자네도 잘 알잖아. 지금 이계인들 중 가장 실력이 뛰어난 길드라고 해 봐야 겨우 트롤 한 마리를 감당할 수 있을 뿐이라고. 유적지 던전은 가디언은 물론이고 마법 함정들이 부지기수라서 그들 실력으로는 무리야."

"그야 그렇지만 우리가 미리 걱정할 필요는 없지. 이계인들은 등급이 높은 매직 아이템을 얻을 수 있는 유적지 던전에 환장을 한다고. 이계인들의 실력에 비해서 위험하기는 하겠지만 이 정보를 사려는 이계인들은 넘칠걸. 그들은 죽어도 실력이 낮아질 뿐 다시 살아나는 존재잖아."

"흠. 얘기를 하다 보니 정말 아깝네. 유적을 우리가 먹을 순 없나? 자네와 내가 아는 친구들을 모두 끌어들이면 그래도 머릿수가 100은 될 텐데."

"어림도 없네. 날 쫓아서 던전 입구까지 온 트롤 두 마리가 한꺼번에 쏟아진 마법에 새카만 재가 되어 버렸어. 던전의 입구를 발견한 순간 뭔가 이상함을 감지하고 입구를 가리고 있던 나무뿌리 사이로 몸을 집어넣지 않았으면 내가 그 꼴이 되었을 거고."

"트롤 두 마리가 순식간에 잿덩이가 되어 버렸다면 확실히 이 근처에서 활동하는 모험가들의 역량으로는 공략할 수 없겠네. 고서클의 마법사가 포함된 전문적인 탐사대가 구성되어 공략해야 할 던전이야."

"내 생각이!"

"그럼 마탑에 파는 건 어때?"

"말도 안 되는 소리! 이계인들에게 던전 정보를 넘기는 건 몰라도 마탑 쪽에 넘기면 길드에서 바로 알아차릴 걸세. 알잖나. 이 도시의 길드는 물론 마탑 지부는 모두 연결되어 있다는 것을."

"하지만 제대로 가격을 쳐줄 정도의 규모를 가진 이계인 세력이라면 업힐 백작성에서 활동하는 오성홍 길드 정도인데 언제 거기까지 다녀와. 게다가 제 가격을 받으려면 하루 이틀 얘기해서 끝날 것 같지도 않은데 그사이에 다른 모험가들이 찾아내면 어떻게 하지?"

"나도 그게 걱정이야. 트롤들이 날뛰는 바람에 원래 밀림이었던 그곳이 훤히 드러났잖아. 게다가 그곳 주위는 해독에 효과가 높은 히약스가 대량으로 자생하는 곳이라 약초꾼들의 왕래도 잦고. 게다가 오성홍 길드에 대한 소문도 별로 좋지 않고."

"맞아. 그놈들이 백작에게 막대한 뇌물을 주고 다른 이계인들은 물론 현지 길드에까지 행패를 부린다는 소리는 나도 들었네."

"하지만 그깟 100골드에 이 정보를 넘기긴 싫어."

"제기랄!"

붉은 수염의 모험가는 결국 나지막한 욕설을 내뱉었다. 자신 역시 매부리코를 가진 동료와 같은 마음인 것이다.

평소라면 100골드가 엄청 큰돈이지만 자신들이 확보한 정보에 비하면 그야말로 헐값이었다.

두 사람의 귀엣말을 듣던 가온은 이계인 길드의 이름을 듣는 순간 눈을 빛냈다.

'생각났다!'

기억하려고 할 때는 떠오르지 않았던 예지몽의 한 부분이 섬광처럼 떠오른 것이다.

오성홍 길드는 중국의 유명한 제약 그룹의 후계자가 만들었다고 알려졌는데 처음에는 여느 길드처럼 사냥과 던전 공략을 통해서 성장을 하다가 어느 순간부터 특이한 방식으로 비약적인 성장을 했다.

그들은 탄 대륙에 지구 스타일의 병원을 세우고 불치병을 치료하는 것으로 유명세를 떨쳤고 약초 시장을 장악해서 좌지우지하며 막대한 부를 거머쥐었다.

'설마 오성홍 길드의 비약적인 성장의 이면에 지금 두 사람이 말하고 있는 유적 던전이 있는 건 아닐까?'

두 번째 예지몽은 첫 번째와 달리 굉장히 긴 시간에 해당해서 기억들이 또렷하지 않고 군데군데 구멍이 난 곳이 많았지만, 오성홍 길드가 어느 순간부터 확 치고 나가서 이계인 길드 중에서는 최상의 반열에 자리한 것은 확실했다.

'오성홍 길드가 자리를 잡은 지역에서는 딱히 쓸 만한 던전이 많이 생성되지 않아서 다른 길드들은 진출하지 않았다고 했어.'

확실한 것은 알 수 없었지만 두 사람이 발견한 던전이 고대 유적일 가능성이 높다는 것만으로도 끼어들 이유로 충분했다.

가온은 두 사형에게 과실주 한 잔씩을 더 주문한 후 양해를 구하고 두 사람이 앉아 있는 테이블로 향했다.

"누구요?"

"온이라고 합니다."

"처음 보는 얼굴인데?"

"모험가는 확실히 아니고 사냥꾼이나 약초꾼도 아닌데."

과연 토박이답게 이 근처에서 활동하는 이들을 꿰고 있는 것 같았다.

"용병으로 등록은 했지만 지금은 모험가로 활동하고 있습니다. 한동안 이곳에서 활동하려고 하는데 딱 보니 경력도 많으시고 굉장히 노련하신 것 같아서 안면이나 익힐까 싶어서 인사를 하러 왔습니다."

"하하! 예의 바른 젊은이군."

"맨입으로?"

"맛있는 맥주를 가지고 있는데 이곳에서는 좀 그러네요.

밖에 꼬치를 파는 가판이 있던데 꼬치에 한잔하시는 건 어떻겠습니까?"

주점에서 다른 곳에서 구한 맥주를 마시는 건 예의가 아니다. 거기에 먼 곳으로 자리를 옮기는 것도 아니고 얼마 떨어지지 않은 가판이니 불안할 이유도 없었다.

"그럽시다!"

모험가치고 술 싫어하는 사람은 없었다.

술을 꺼내도 꼬치 주인이 별로 신경을 쓰지 않는 것을 보면 이런 경우가 종종 있는 것 같았다.

약간 매콤한 소스를 흠뻑 발라서 구운 사슴고기 꼬치는 생각보다 맛이 좋았다.

거기에 루시아산 맥주는 묵직한 맛과 강하면서도 시원한 향을 가지고 있어서 궁합이 아주 잘 맞았다.

이미 전작이 꽤 있어 보이는 두 모험가는 연신 탄성을 터트리며 냉기로 차갑게 만든 맥주를 마셨다.

"난 월이라고 하네. 자네가 말했듯 이곳에서만 12년이 넘게 활동했지."

"나는 척이라고 하네. 월하고 비슷한 시기에 이곳에 정착했지."

붉은 수염이 월이고 매부리코가 척이었다.

"저는 이곳이 처음인데 사냥꾼이나 약초꾼은 몰라도 모험가가 활동하기에는 별로 좋은 환경은 아닌 것 같습니다."

"그렇게 보이는 것이 당연하긴 한데 실제로는 다르네."

"사냥꾼이나 약초꾼 들은 수입이 어느 정도 보장되는 곳이 맞기는 하네만 우리와 같은 모험가에게도 대박의 기회가 종종 오는 곳이네."

"그렇군요. 이전에 공략했던 던전도 전혀 있을 것 같지 않은 장소였기 때문에 사실 이곳에서도 기대를 하고 있습니다."

"어떤 던전을 공략했나?"

"공략에 성공한 건 두 곳입니다. 하나는 고대 도서관 유적 던전이었고 다른 하나는 자연 던전이었습니다."

"호오. 생각보다 경험이 많군."

"혹시 다른 일행이 있나?"

"그렇습니다. 혹시 모험가 퍼슨이라는 이름을 들어 보셨습니까? 마론이라는 이름은요?"

두 사람은 이름을 듣고 고개를 갸웃거렸다. 들어 본 적은 있는 모양이다.

"두 분은 주로 랑트 근처에서 활동했다고 들었습니다. 아무튼 우리 클랜에서 모험가 출신은 그 두 분입니다."

"오! 들어 봤네! 그 퍼슨이라는 이, 혹시 아들 하나를 데리고 있지 않은가?"

"맞습니다. 패터라고 저보다 좀 어린 친구지요."

"나도 기억이 나는 것 같군. 무기가 특이했는데?"

"석궁입니다. 본인이 직접 개발한 연발석궁을 사용하시지요."

"맞아! 그랬어!"

두 사람이 보이는 태도를 보니 정말 퍼슨과 아는 사이인지 확인하는 것 같았다.

그렇게 일단 공통분모가 나오자 두 사람은 지금까지 보이던 조심스러운 태도를 버렸다.

"혹시 던전을 찾는 건가?"

"그렇습니다. 좋은 정보가 있다면 만족할 정도의 대가를 지급할 수 있습니다."

"커험! 얼마나 줄 수 있는가?"

"정보의 내용에 따라서 다르지만 확실한 위치까지만 알려주시면 1천 골드까지는 드릴 수 있습니다."

1천 골드가 언급되자 두 사람은 서로를 쳐다보다가 남은 맥주를 단숨에 들이켰다.

"대신 다른 사람은 몰라야 합니다. 최소한 공략이 끝날 때까지는요."

"그럼 혹시 우리도 함께 들어갈 수 있나? 윌은 마법이 아닌 트랩을 찾아내는 능력이 있고 나는 그런 트랩을 파훼하는 것이 전문이네."

갑자기 척이 의외의 제안을 했다.

"물론입니다. 대신 내가 지휘를 할 겁니다."

"그건 당연하지. 따르겠소."

"그럼 정보를 팔도록 하겠소."

거래가 성사되었다. 가온은 두 사람이 가격을 더 높일 거라고 생각했지만 그들은 자신들도 던전을 탐사할 수 있다는 사실이 더 마음에 드는 모양이다.

던전행

가온은 두 사형에게 던전에 대한 얘기를 짧게 설명했다.

"고대 유적 던전이라고?"

홀란스와 오르도스의 눈이 튀어나올 듯 커졌다.

"그렇다고 합니다. 이곳에서 활동하는 모험가들에 대해서는 잘 모르지만, 두 사람의 진중한 태도로 보아서 충분히 신뢰할 수 있는 정보라고 생각합니다."

"고대 유적이라니!"

"안 그래도 탑을 나오고 나서 가장 해 보고 싶었던 것이 고대 유적을 탐사하는 것이었는데."

두 사람은 반대는커녕 들뜬 얼굴이었다.

"사흘 후에 출발하기로 했으니 일단 스승님께 말씀을 드리고 다시 오지요."

"우리도 함께 가는 거지?"

오르도스가 급하게 마시느라고 수염에 묻은 과실주를 핥으며 물었다.

"그래 주셨으면 좋겠습니다. 입구에 마법 트랩이 있답니다. 당연히 내부에는 더 많을 겁니다. 그러니 마법에 정통한 사람이 필요합니다."

마탑에서만 지낸 홀란스와 오르도스에게 마법 트랩에 대한 지식이 있을 리는 없겠지만, 그래도 도움이 될 거라고 생각했다.

"좋아! 빨리 다녀오자고!"

준비는 월과 척에게 맡겼다. 오늘 처음 본 그들을 전적으로 믿을 수 있는 건 아니지만, 어떤 상황이건 타개할 수 있는 자신감이 있기에 준비 자금으로 100골드를 주었다.

세 사람은 서둘러 던전으로 복귀했고 볼코트에게 던전에 대한 얘기를 했다.

"안 그래도 수련만 해서 그런지 몸과 마음이 뻐근한데 잘됐구나. 우리 모두 가도록 하자."

"스승님도 말입니까?"

"그래. 너희 둘은 던전에 대한 경험이 아예 없으니 내가 동행하는 편이 나을 것 같구나."

가온의 입장이야 당연히 반길 수밖에 없었다. 무려 7서클 마도사가 동행하는 것이니 마법 쪽은 걱정할 필요가 없으니 말이다.

그렇게 오랜만에 만난 네 사람은 급작스러운 던전행을 결정했다.

사흘 후, 약속한 시간에 백작성의 북문 앞에 도착하니 이미 척과 월이 큰 가방을 메고 기다리고 있었는데 못 보던 얼굴이 보였다.

"어서 오십시오."

"이제는 대장이라고 불러야겠지요. 안 오면 어쩌나 걱정했습니다."

이미 계약을 해서 그런지 척과 월은 깍듯하게 예의를 차렸다. 확실히 상황에 따라서 처신을 달리하는 것을 보면 노련한 모험가들이 맞았다.

"우리 일행부터 소개하지요. 제 스승이신 볼코트 마도사님과 사형이신 홀란스 님 그리고 오르도스 님입니다."

"마, 마법사!"

"퍼슨과 마론은?"

당연히 자신들과 같은 모험가인 퍼슨과 마론이 포함되었을 거라고 생각했던 두 사람은 느닷없이 마법사 세 명이 나타나자 크게 당황했다.

일반인에게도 그렇지만 모험가들에게도 기사나 마법사는

무척 대하기 어려운 존재들이다.

특히 마법사의 경우 성격이 지랄 같은 경우가 태반이고 타인에 대한 배려는 거의 볼 수 없어 절대로 친하게 지내고 싶은 족속들이다.

"두 분이 현재 있는 곳은 너무 멀어서 이번 건은 빠지기로 했습니다."

"인사드리겠습니다. 모험가 월입니다."

"마법사님들을 뵙게 되어 영광입니다. 저는 척이라고 합니다."

"그래. 만나서 반갑네. 던전 입구부터 강력한 마법 트랩이 있다는 말에 걱정이 되어 동행하기로 했네."

"나는 홀란스 찬이라고 하네."

"지난번에 잠깐 봤지. 나는 오르도스라고 하네."

볼코트와 두 사형이 푸근하고 온화한 얼굴로 소개를 하자 굳었던 월과 척의 얼굴이 조금 풀렸다.

가온이 두 사람의 말을 듣고 마법 트랩이 걱정되어 마법사를 동행하기로 했다는 결론을 내렸고, 생각보다 인상이 좋아서 안심한 것이다.

"안 그래도 그 부분이 걱정이었는데 정말 잘됐습니다. 이쪽은 저희 둘과 가끔 호흡을 맞추던 용병 리라입니다."

"리라라고 합니다."

여자지만 터질 듯한 근육질 몸을 가지고 있으며 등에 메고 있는 바스타드 소드로 보아 근력이 장난이 아닐 것 같은 리라에게 마나 파장을 방출했던 가온은 내심 살짝 놀랐다.

'채 서른도 되지 않은 것 같은데 검기 사용자라니 대단하네.'

"리라는 이곳에서 활동하는 용병 중 특급에 속하는 실력자입니다. 보통의 경우에 비해 절반밖에 안 되는 250골드를 제시했음에도 기꺼이 동행하겠다고 해서 함께 가면 어떨까 싶어서 데리고 나왔습니다."

처음 보는 가온의 실력을 믿을 수 없어서 실력이 뛰어난 용병을 동행한 것 같은데 그건 아무래도 상관이 없었다. 확실히 용병 중에서는 특급에 속하는 실력자는 맞았다.

"수고하셨습니다. 보수는 내가 내도록 하지요."

가온은 그 자리에서 선금으로 3할에 해당하는 75골드를 지급했다.

"두 분과의 계산은 목적지에 도착해서 하기로 하지요."

"알겠습니다."

가온이 계산을 확실하게 하자 월과 척의 얼굴이 많이 밝아졌다.

월과 척이 말한 던전까지는 꼬박 이틀이 넘게 걸렸다. 사흘 후 정오 무렵에서야 도착한 것이다.

그동안 일행은 꽤 많은 마수와 몬스터를 볼 수 있었지만 직접 상대하지는 않았다.

두 사람이 안내하는 대로 쫓아가니 놈들의 이목을 끌지 않았다.

홀란스와 오르도스는 그냥 처리하고 가는 것이 좋지 않느냐는 표정을 지었지만, 사냥 경험이 풍부한 스승이나 사제인 가온이 아무 말 없이 두 사람을 쫓기만 하자 별말 없이 뒤를 따랐다.

두 사람이 이 근처 토박이라는 사실은 확실했다. 가는 길마다 쉴 곳이며 하룻밤 쉬어 갈 수 있는 비트가 있었는데, 위치가 아주 절묘해서 근처에는 마수나 몬스터가 전혀 없었다.

불을 피울 수 없고 제대로 씻을 수 없다는 점을 제외하고는 아주 편했다. 길이 험한 것이야 다들 각오했기 때문에 아무런 불만도 나오지 않았다.

"호오! 확실히 던전이 맞군."

월과 척이 말한 거대한 바위틈 앞쪽에는 트롤의 것으로 추정되는 새까만 숯덩어리가 있었다.

볼코트는 꽤 큰 바위 사이에서 일렁이는 마나 파장으로 이루어진 게이트를 흥미롭게 관찰하더니 이내 주위에서 어른 상체 크기 나뭇가지를 챙겨 게이트 쪽으로 던졌다.

틱.

척과 월에게 들었던 말과는 달리 별다른 일은 일어나지 않았다.

"무생물에게는 반응을 안 한다는 거네. 온아, 근처에서 고블린이나 오크 한 마리만 잡아 오너라."

"네, 스승님."

가온은 군말 없이 스승의 지시대로 근처에서 스밀로돈 한 마리를 사냥해 왔다.

물론 죽이지 않고 뒷다리 하나를 부러뜨려서 목덜미를 잡고 끌고 왔다.

척 일행은 자리를 떠난 지 불과 10여 분 만에 샤벨타이거와 거의 동급인 스밀로돈 한 마리를 죽이지 않고 잡아 오는 가온을 보고 자신들끼리 눈빛을 교환했다.

"게이트 쪽으로 던져 봐."

휘익!

가온이 볼코트의 지시대로 스밀로돈을 게이트 쪽으로 던지자 녀석은 다리 하나가 부러진 상태에서도 제대로 균형을 잡고 착지를 했는데, 그 순간 게이트의 상단과 좌우에서 십여 개의 화염 줄기가 분출되었다.

그 화염이 얼마나 강렬한지 스밀로돈은 비명도 제대로 지르지 못하고 순식간에 새까맣게 타 죽었다.

"대단한 트랩이군."

말은 그렇게 했지만 볼코트의 얼굴은 전혀 변하지 않았다.

"플라이!"

가볍게 떠오른 볼코트는 두 바위가 ∩ 형태를 이룬 위쪽으로 낡아가더니 바위에 달라붙어 손끝으로 무언가를 찾았다.

'구멍이 있었구나.'

울퉁불퉁한 바위 표면 안쪽에 뚫려 있는 작은 구멍이 눈에 들어왔다.

볼코트는 구멍을 대상으로 무언가 작업을 하고 이어 좌측 바위를 따라 이동했다가 마지막에는 우측 바위까지 작업을 하고서야 제자리로 돌아왔다.

"꽤 고명한 솜씨를 가진 마법사가 트랩을 설치한 모양인데 지금은 무력화되었으니 들어가도 될 것 같구나."

"고생하셨습니다."

"고생은. 홀란스, 오르도스, 이 마법진을 알아보겠느냐?"

볼코트의 손에는 손에 딱 들어갈 정도로 작지만 길쭉한 대롱이 있었는데 표면에는 기하학적인 문양이 새겨져 있었다.

"처음 보는 종류인데 범상치 않은 기운이 느껴집니다."

"생물체 인식 마법과 플레임 마법이 중첩된 마법진이다. 고대에는 이런 마도구를 많이 사용했지. 동력원이 상급 마정석을 순화시킨 것이라 자동으로 충전까지 되기 때문에 오랜 세월이 지났음에도 제대로 작동이 된다."

볼코트의 말에 홀란스와 오르도스는 눈을 빛내며 대롱을 살펴보면서 손끝으로는 문양을 그려 내기 시작했다.

가온은 그 모습을 멍하니 쳐다보는 척과 월을 보며 피식 웃었다.

자신들은 파악도 할 수 없는 매직 트랩을 간단하게 해결하는 고위급 마법사는 처음 봤으니 놀랄 만도 했다.

"던전이 맞다는 것이 확인되었으니 계약한 돈을 드리겠습니다."

가온은 그 자리에서 100골드짜리 골덴으로 잔금을 지급했다.

"아, 네! 감사합니다!"

"세 분은 돌아가셔도 좋습니다."

척과 월은 원래 상황을 보아 던전 공략에 참가할지 여부를 결정하기로 했지만, 지금은 거금이 생겨 마음이 바뀌었을 수도 있기 때문에 그렇게 말했다.

"아닙니다!"

"함께 들어가고 싶습니다."

척과 월은 받은 돈을 다시 내밀었다. 던전 공략에 합류할 경우 정보비 대신 지분으로 받기로 미리 얘기가 되었기 때문이다.

모험가 중에도 마법사가 꽤 있다. 아니, 용병보다는 더 많았다. 마수와 몬스터가 서식하는 던전이 발견되기 이전에는 주로 고대 유적지나 유물을 찾아다녔기 때문에 마법사들에게는 용병보다 모험가로 활동하는 경우가 많았다.

물론 저서클 마법사들이다. 마탑과 관련이 없거나 혹은 진전이 없어서 마탑에서 축출된 경우들이 태반이지만 말이다.

척과 월은 경력이 오래된 만큼 던전 공략 경험도 풍부했지만 볼코트와 같은 고위급 마법사는 한 번도 본 적이 없었다.

일단 플라이 마법 자체가 5서클인데 모험가 마법사는 2서클이나 3서클인 경우다 대부분이었다.

"그럼 지분은 얼마를 드리면 되겠습니까?"

아직 정확한 지분까지는 합의하지 않았다.

"둘이 합해서 스무 개 중 하나만 주십시오."

"좋습니다."

가온은 잠깐 숙고했다가 받아들였다. 트랩을 잘 파악하고 해체할 수 있는 능력을 지닌 노련한 모험가 두 명을 고용하는 대가로는 적절했다.

"리라 씨는 어떻게 하겠습니까?"

"전 약속한 대가만 받으면 됩니다."

과묵한 성격이라서 여기까지 오는 동안 나눈 대화가 손에 꼽힐 정도인 리라는 의외로 추가 보상을 바라지 않았다.

"좋습니다. 그렇게 하지요. 일단 식사를 겸해서 휴식을 한 후 던전에 진입하겠습니다."

"저희가 식사를 준비하겠습니다."

여기까지 오는 동안에도 두 사람이 식사를 준비했다. 물론 불을 피울 수 없어서 준비라고 해 봐야 사람 수대로 빵과 육포를 나눠 주는 것에 불과했지만 말이다.

"아닙니다. 던전에 들어가면 상황이 어떨지 알 수 없으니 제가 스튜를 끓이도록 하지요."

가온은 던전의 상황이 어떨지 알 수 없으니 지금이라도 제대로 식사를 해야 한다고 생각했다.

"하지만 불을 피우면 곤란한데……."

냄새야 어쩔 수 없다고 치지만 연기는 멀리 떨어져 있는 마수나 몬스터를 자극할 가능성이 높았다.

특히 이전에 척과 월을 쫓아왔던 트롤 일족이 근처에 있을지도 몰랐다.

"불을 피우진 않을 겁니다."

가온이 아공간 주머니에서 꺼낸 것은 차원 의뢰를 수행할 때 구입한 자동화로였다. 버튼만 누르면 화로 안쪽에서 열이 방출되어 조리는 물론 난방용으로 사용이 가능했다.

가온은 그 외에도 어린 양고기와 각종 야채 그리고 향신료를 꺼내 조리를 시작했는데, 일행은 금세 매콤한 국물 냄새에 홀렸다.

가온이 굳이 조리를 하려는 이유가 있었다.

스승과 두 사형이 자신을 돕겠다고 어려운 길을 나섰는데 여기까지 오는 동안 내내 육포와 빵만 대접한 것이 영 마음에 걸렸다.

향신료가 듬뿍 들어가서 더욱 매콤달콤해진 국물과 졸깃졸깃하고 연한 새끼 양고기 그리고 이번에 모라이족이 시도

해서 주조하는 데 성공한 브랜디를 마시는 사람들의 얼굴에는 이틀 동안의 피로는 전혀 느껴지지 않았다.

마법사답게 입이 짧은 편인 볼코트나 홀란스 그리고 오르도스도 배가 불룩해질 정도로 포식을 했다.

거기에 입가심으로 차까지 마시자 사람들은 더 이상 바랄 게 없는 심정이 되었다.

"우리 사제는 참으로 대단해. 소드마스터가 언제 이런 요리를 배운 거야?"

"그러니까 스승님이 매번 사제 좀 닮으라고 우리에게 그렇게 잔소리를 하셨지."

홀란스와 오르도스는 너무 만족스러워서 한 얘기지만 척과 월 그리고 리라의 눈은 튀어나올 듯 커졌다.

'소드마스터라고?'

이곳에 막 도착해서 순식간에 상급 마수인 스밀로돈을 산 채로 잡아 오는 것을 보고 나이와 다르게 굉장한 실력을 가졌을 거라고 예상은 했지만, 방금 전 들은 얘기는 세 사람의 예상을 크게 넘었다.

시간이 좀 지나자 척과 월은 고개를 끄덕였다.

'하긴. 게이트에 매직 트랩이 있는 던전을 공략한다고 해 놓고 달랑 마법사 세 명만 동행했을 때는 다 이유가 있었던 거야.'

'소드마스터에 고위급 마법사 한 명 그리고 저 두 명도 꽤

실력이 뛰어난 마법사들 같으니 이 인원으로 던전을 공략하겠다는 것도 무리는 아니야.'

사실 두 사람은 사흘 전 성문 앞에서 가온을 만났을 때, 던전까지 안내만 해 주고 다시 백작성으로 돌아가서 자신들만의 팀을 구성해서 다시 올 생각이었다. 틀림없이 실패할 거라고 생각했기 때문이다.

하지만 소드마스터가 던전을 공략한다면 얘기가 달라진다. 거기에 매직 트랩을 간단하게 해제하는 최소 5서클 이상의 마법사까지 있다면 더욱 가능성이 높아진다.

월과 척 그리고 리라는 자신들이 굉장한 기회를 잡았음을 깨닫고 자진해서 먹은 그릇을 닦는 등 적극적으로 행동하기 시작했다.

입구의 마법 트랩은 해제한 상태라서 바로 안으로 진입했다.

물론 가온이 선두에 섰고 바로 뒤에 볼코트와 두 사형이, 그다음은 월과 척이, 가장 후미에는 리라가 포진했다.

던전 안은 생각보다 넓고 큰 복도였는데 벽과 천장에는 알수 없는 그림들이 그려져 있었다. 다만 색은 바랬고 물감들이 대부분 떨어져 나가서 얼마나 오랜 시간이 흘렀는지 가늠할 수 있었다.

"확실히 고대 유적은 맞는 것 같구나."

흥미로운 시선으로 대략 50미터 직진하다가 왼쪽으로 이어지는 복도를 관찰하던 볼코트는 나침반과 비슷한 아이템을 꺼냈다.

"이건 탐색 반경은 짧지만 마정석처럼 에너지 집약체의 존재를 탐색하는 아이템이다. 마력을 탐색하는 마법도 있지만 몸 상태를 만전으로 유지해야 하는 상황에서 아주 유용하지."

가온은 그제야 자신이 마력 탐색 스킬을 보유하고 있다는 사실을 떠올렸다.

'닥치는 대로 익히기만 하고 제대로 사용도 하지 못하고 있었네.'

올라운더를 지향하며 많은 스킬을 익혔지만 상황에 맞게 사용하지 못한 자신이 부끄러웠다.

가온은 아이템을 조작해서 활성화시킨 볼코트와 별도로 마력 탐색 스킬을 펼쳤다. 그 결과 벽과 천장 곳곳에서 상당한 마력을 탐지할 수 있었다.

물론 볼코트 역시 그 사실을 파악했다.

"아무래도 벽화 속에 트랩이 숨겨져 있는 것 같은데 한두 개가 아니라서 일일이 해체하면서 가기엔 시간이 많이 걸릴 것 같구나."

볼코트의 말에 척과 월이 먼저 바닥 이곳저곳을 세심하게 살펴보다가 서로 얼굴을 마주 보며 고개를 끄덕였다.

"마법사님의 말씀대로 바닥에 압력을 감지하는 것으로 보이는 가는 홈들이 종횡으로 깔려 있습니다."

두 사람의 말에 바닥을 자세히 살펴보니 과연 내려앉은 먼지 사이로 미세한 홈들이 바닥 전체를 무수하게 깔려 있었는데 마치 일종의 문양처럼 보였다.

그때 홀란스가 로브 안주머니에서 단검 하나를 꺼내 미세한 홈 안쪽을 긁어서 미세한 가루를 살펴봤다.

"다른 것은 모르겠지만 금가루와 마정석 가루는 알아보겠습니다."

보통 마법진을 그리는 재료에는 금과 마정석 가루는 필수적으로 포함된다. 마력 전도율이 가장 높은 재료였다. 그러니 이 복도의 긴 바닥은 그 자체로도 마법진을 형성하고 있음이 분명했다.

사람들은 이런 사실만으로도 이 던전이 아주 특별한 유적임을 확인할 수 있었다.

물론 반응은 달랐다. 척과 월은 두려움을 느낀 얼굴이었지만 나머지 사람들은 이전보다 훨씬 더 강렬한 호기심과 흥미를 느꼈다.

"문제는 이 복도를 어떻게 지나가야 하느냐 하는 것인데."

"아예 마법을 날려서 복도에 설치된 트랩을 모조리 발동시키는 건 어떨까요?"

"화살이나 창, 혹은 유황처럼 화염성 물질이나 독을 방출하는 트랩들만 있다면 모르겠지만 마법 트랩들까지 섞여 있을 것이 분명하니 그 방법은 쓰기가 어렵지.”

볼코트의 혼잣말에 홀란스가 의견을 냈지만 채택되지는 않았다. 만약 독을 살포하는 트랩을 발동한다면 해독에 시간이 많이 걸릴 것이다.

척과 월의 의견도 볼코트와 비슷했다. 그렇게 한꺼번에 트랩을 발동시키면 던전 전체가 무너질 가능성도 있다고 했다.

“새라면 모를까 일일이 트랩을 해제하면서 조금씩 전진하는 방법밖에 없을 것 같습니다.”

가온은 척의 말을 들은 순간 한 가지 가능성을 떠올렸다.

“스승님, 저기 왼쪽으로 꺾이는 지점에도 트랩이 있을까요?”

“그렇지 않을까?”

대략 50미터에 이르는 복도 전체에 트랩을 깔아 두었다면 그곳이라고 멀쩡할 리는 없었다.

“일단 제가 한 가지 방법을 떠올렸는데 시도해 봐도 될까요?”

제안을 볼코트를 위시한 일행이 받아들이자 가온은 곧바로 아공간 주머니에서 오크 사체 한 구를 꺼냈다.

“설마 몬스터 사체를 이용해서 트랩을 확인하려는 것이냐?”

오르도스로서는 당연히 그렇게 생각할 수밖에 없었지만

가온의 진정한 의도는 전혀 달랐다.

'움직여!'

가온은 오랜만에 염력을 발동해서 오크 사체를 허공으로 띄웠다. A등급 3레벨인 염력은 무게가 1톤에 가까운 바위도 움직일 정도이기 때문에 그 정도는 아주 쉬웠다.

물론 가온이 염력을 사용해서 오크 사체를 허공에 띄우고 복도 안쪽으로 천천히 이동시키는 모습을 본 일행은 기함을 했다.

"헉! 마법은 분명 아닌데 어떻게?"

홀란스와 오르도스는 깜짝 놀랐다. 마나 유동이 전혀 없었기에 마법을 사용하는 것은 아니었다.

"염력이구나! 그것도 수준급의 염력!"

볼코트가 탄성을 터트렸다. 그는 가온이 발휘한 능력의 정체를 파악한 것이다.

당연히 척과 월 그리고 리라는 넋이 나간 얼굴로 염력을 쉽게 발현하기 위해서 뻗은 가온의 손가락과 허공에 떠서 천천히 이동하는 오크 사체에서 눈을 떼지 못했다.

역시 가온의 예상이 맞았다. 척과 월이 발견한 바닥의 미세한 홈들이 압력을 감지한다는 점에 착안해서 바닥을 밟지 않고 날아가듯 이동하자 아무런 트랩도 발동하지 않았다.

하지만 그건 고대 문명의 수준을 너무 우습게 본 것이었다.

오크 사체가 게이트에서 대략 20미터 지점에 도달하는 순간 바닥과 양 벽 그리고 천장에서 강렬한 화염이 방출되었는데, 열기가 얼마나 강력한지 화염에 휩싸인 오크 사체가 순식간에 재가 되어 버릴 정도였다.

"저 지점에 움직임을 감지하는 센서 아이템이 있었군."

높은 가능성을 확인하고 기대감에 젖었던 사람들의 얼굴이 다시 굳어 버렸다.

하지만 그때 가온은 또 다른 오크 사체를 꺼내 이전과 마찬가지로 염력을 발동했다.

"사제, 어떻게 하려고?"

"센서 아이템의 반응 속도를 확인해 보려고요."

가온은 오크 사체가 해당 지점 직전에 도착하는 순간 염력을 강화시켜서 이전보다 두 배 더 빠르게 이동시켰다.

"오오!"

가온의 예상처럼 오크 사체가 해당 지점을 빠르게 통과하자 아무런 일도 벌어지지 않았다. 센서가 감지할 수 없을 정도로 빠르게 이동했기 때문이다.

하지만 다시 속도를 늦추어 이동시키자 40미터 지점에서 다시 동일한 일이 반복되었다.

가온은 세 번째로 꺼낸 오크 사체로 염력을 조종해서 두 곳의 경우 두 배로 빠르게 이동시키는 방법으로 통과했고 마침내 꺾어지는 지점까지 도달하는 데 성공했는데, 사람들이 예상한 것과 달리 그곳에는 별다른 트랩이 없는지 바닥에 착지하고 이리저리 움직여 봤지만 아무런 일도 벌어지지 않았다.

"능력이 되는 자만 출입을 허락하겠다는 것이군."

볼코트의 말이 맞다.

어떤 건물을 처음부터 출입을 아예 금하겠다는 의도로 건설할 리가 없었다. 분명히 드나들 방법을 마련한 상태에서 트랩을 설치했을 터였다.

사람들이 그제야 던전을 건설한 미지의 인물이 의도한 바를 짐작했을 때 볼코트가 가온을 따듯하게 쳐다봤다.

"온아, 그럼 우리가 저곳까지 가는 것은 네 염력에 맡겨야겠구나."

"네, 스승님."

"마지막에 네가 저곳까지 갈 수 있는 방법은 있겠지?"

"물론입니다."

"그럼 나부터 건너가마."

"안전하게 모시겠습니다. 혹시 모르니 실드 마법도 쓰셔서는 안 됩니다."

"알았다."

볼코트는 순순히 자신의 몸을 가온에게 맡겼다.

물론 가온의 입장은 달랐다.

'절대 실수가 있어서는 안 돼!'

볼코트의 경지는 무려 7서클. 어지간한 마탑의 탑주 수준이다. 만약의 경우 있을 수도 있는 사태에서도 충분히 안전을 도모할 수 있는 실력이지만 믿음을 깨서는 안 된다.

가온은 볼코트를 대상으로 염력을 발동해서 허공에 띄웠다. 그리고 오크 사체처럼 그의 몸을 천천히 이동시켰다.

다행히 살아 있는 인간을 대상으로도 트랩은 발동되지 않았다.

마침내 위험 지점에 도달했을 때 볼코트의 몸은 마치 공간 이동을 한 것처럼 순식간에 해당 지점을 통과했다. 물론 아무런 현상도 일어나지 않았는데 오히려 지켜보는 사람들이 손에 땀이 날 정도로 긴장했다.

그렇게 무사히 꺾이는 지점에 도달한 볼코트가 손을 번쩍 들었다.

"다음은⋯⋯."

"재미있을 것 같네. 사제, 내가 다음이야."

호기심이 많은 오르도스가 손을 번쩍 들었고 그는 기대한 것 이상으로 짜릿한 긴장감과 타의에 의해 자신의 몸이 허공에서 움직이는 경험을 할 수 있었다.

다음은 홀란스였다. 물론 아무런 불상사도 없이 안전하게 꺾인 지점까지 이동할 수 있었다.

그렇게 가온과 관계가 깊은 이들이 먼저 나서자 척과 월 그리고 리라도 어느 정도 마음을 놓고 자신의 몸을 가온에게 맡길 수 있었고 걱정한 것이 억울할 정도로 안전하고 빠르게 이동할 수 있었다.

마지막은 가온 차례였다.

애초 생각은 투명날개를 이용해서 날아서 트랩으로 도배가 된 복도를 통과하는 것이었는데 문득 떠오른 생각 때문에 그럴 필요가 없었다.

의료 던전

'내가 이전 의뢰 때문에 너무 생각이 굳어 버렸어!'

마누의 존재를 잊고 있었다. 그녀는 다섯 명까지 알고 있는 장소로 공간 이동을 시킬 수 있었다.

'마누!'

오랜만에 소환된 마누는 가온을 순식간에 복도의 꺾인 부분으로 공간 이동 시켰다.

"온아, 지금 혹시 공간 이동 아이템을 사용한 것이냐?"

순간적으로 가온의 몸이 가루처럼 변해서 사라졌다가 다시 나타날 때 역시 가루가 먼저 보이고 가루가 뭉치는 것 같더니 생생한 모습으로 변하는 것을 본 볼코트가 놀라서 물었다.

"네. 대신 좌표는 눈길이 닿는 거리 내에 있어야만 합니다."

"마법도 아니고 스크롤을 사용한 것도 아닌데 참으로 신기하구나."

굳이 찾자면 블링크 마법과 비슷하지만 이동할 수 있는 거리가 멀고 미리 지정된 장소로 이동할 수 있다는 점에서 블링크보다 훨씬 더 유용하니 볼코트로서는 관심이 안 갈 수가 없었다.

아무튼 무사히 복도의 꺾인 지점에 도착한 가온은 또다시 보이는 복도에 내심 한숨을 쉬었다.

"벽화나 바닥 그리고 마력 반응으로 보아 우리가 통과한 복도와 동일한 것 같아."

먼저 도착한 일행이 빠르게 조사를 해 봤는데 힘이 빠지는 결과가 나왔다.

"일단 저기까지는 가야 하는데 또 다른 복도로 연결될 것 같은 불길한 기분이 드네."

"저기 꺾이는 부분에 도착했는데 다른 복도가 보인다면 이곳은 미로형 던전일 가능성이 높지."

홀란스와 오르도스의 말에 척과 월은 본능적으로 이곳이 미로형 던전일 거라고 확신했다. 고대 유적지 중에는 미로형이 꽤 많았기 때문이다.

"하아! 온아, 염력은 얼마나 쓸 수 있느냐?"

볼코트는 물론 일행 모두 긴장한 얼굴로 가온을 쳐다봤다.

막 대답을 하려고 했던 가온은 오랜만에 나와서 돌아가고 싶은 생각이 없는지 전격을 흘리며 그의 주위를 날아다니고 있는 마누를 보고 좋은 생각이 들었다.

가온은 아직 돌아가지 않은 마누에게 공간 이동이 가능한 인원수를 물어봤다.

—다섯 명까지만 가능해요.

'공간 이동에 쿨 타임이 있는 건 아니지?'

—네. 그런 건 없어요. 다만 정령력의 소모량이 큰 편인데 이런 복도가 계속 이어진다면 문제가 될 것 같아요.

'그건 내가 채워 줄게.'

마나를 활용한다면 전력을 소모하지 않고 이런 복도를 문제없이 통과할 수 있었다.

마누의 걱정은 문제 될 것이 전혀 없었다. 세계수의 눈물이라면 마누가 소모하는 정령력을 빠르게 회복시켜 줄 수 있었다. 아니, 정령력을 소량 증가시킬 수 있어 마누와 같은 정령에게는 영약이나 다름없었다.

"미로형 던전이 맞기는 하지만 막힌 곳이 없는 것이 이상하네."

가온은 벌써 열여덟 번째로 동일한 복도가 보이자 살짝 기운이 빠졌다.

　'마누는 아직 지치지 않았고 여차하면 내가 정령력을 보충해 줄 수도 있지만 이대로라면 쉽게 이 복도를 벗어날 수가 없을 것 같네.'

　그건 가온만의 생각이 아니다. 가온이 가진 것으로 믿고 있는 공간 이동 아이템 덕분에 트랩을 걱정할 필요가 없이 무사히 열여덟 번이나 동일한 복도를 이동한 일행 모두 그렇게 생각했다.

　"미궁이라……."

　"스승님, 미로가 아니라 미궁입니까?"

　심각한 얼굴을 하고 있는 볼코트의 혼잣말에 오르도스가 반응했다.

　"미로와 미궁은 별 구분 없이 쓰이긴 하지만 다르다. 미로는 어지럽게 갈래가 져서, 한번 들어가면 나오기 힘든 길을 의미하고 미궁은 선택의 여지가 없이 길이 하나인 경우를 말한다."

　"그럼 혹시 빠져나가는 방법도 아십니까?"

　"보통 우수법과 좌수법 두 가지가 있다. 우수법은 오른손을 벽에 붙인 채 계속 이동하는 것이고 좌수법은 그 반대의 경우지. 거기서 조금 더 나아가면 벽에 표시를 해서 한번 지나간 벽은 다시 통과하지 않는 방법이 있지."

"하지만 이 복도는 트랩 때문에 그런 방법을 쓸 수도 없지만 동일한 형태와 길이를 가진 복도가 계속 꺾이기 때문에 별 효과가 없을 것 같은데요."

"맞다. 그래서 더욱 골치지."

한마디로 계속 이동하는 것밖에는 방법이 없다는 얘기여서 기대를 하고 볼코트의 말을 듣던 이들은 힘이 쭉 빠져 버렸다.

그 시각, 가온은 카오스를 소환해서 길을 찾아보도록 했는데 결과가 금방 나왔다.

ㅡ복도가 끝없이 이어져 있어. 한 100개 정도까지 확인하고 돌아왔어.

앞으로도 100개나 되는 복도가 이어져 있다면 빠져나가는 길은 없다고 생각해도 된다.

'복도를 따라서 이동하는 방법은 소용이 없다는 거네.'

ㅡ오빠, 이상한 점이 있어요.

벼리였다. 가온은 벼리와 두 리치에게도 조언을 구했다.

ㅡ저희 셋이 마나 파동으로 살펴봤는데 복도가 꺾이는 각도가 각기 다르다는 점을 발견했어요.

'90도가 아니라고?'

가온이 보기에는 복도들은 직각으로 꺾였었다.

ㅡ인간의 눈으로 보면 복도의 꺾이는 각도가 90도지만 평균 각은 그보다 큰 120도에서 130도 정도였습니다.

―주인님, 각도만 이상한 것이 아니라 높낮이도 이상했습니다. 착시를 이용해서 편평하게 보였겠지만 실제로는 계속 아래로 내려가고 있습니다.

이제야 복도를 통과하면서 느꼈던 이질감의 정체를 깨달을 수 있었다. 직각으로 꺾이는 복도라면 네 번 이동하면 제자리로 돌아와야 정상인데 계속 이어져 있었던 것이다.

'그럼 유적은 어디에 있다는 거지? 내벽 안쪽에 있나?'

―그럴 가능성이 높습니다만 파괴되지 않도록 건설되었거나 파괴될 경우 감당하기 어려운 트랩이 발동할 가능성이 아주 높습니다.

가온도 알테어의 의견에 동의했다. 자신이 이 유적의 건설자라도 그런 식으로 대비를 할 테니 말이다.

'그렇다면 복도를 따라 계속 이동하는 것이 답일까?'

―다른 방법도 있을 테지만 뭔가 목적을 가지고 건설한 시설이라면 방문자의 인내를 시험해 볼 가능성이 높습니다.

파넬이나 벼리가 더 이상 의견을 개진하지 않는 것으로 보아 알테어의 의견에 동의하는 것 같았다.

'그럼 이대로 계속 이동해야겠네.'

그렇게 마음을 먹었을 때 갑자기 눈앞에 정령체인 모둔이 나타났다.

―온 님, 제 생각에 이곳에 있는 유적은 치료와 관련이 있는 것 같아요.

'모둔, 진화는 끝난 거야?'

얼마 전에 돌아갔을 때 곧 중요한 변화가 생길 것 같다고 말했었던 것이다.

—진화는 이제 막 끝냈고 이제부터 한동안은 진화를 통해 얻은 결과를 갈무리하고 있어요.

주먹 크기의 정령체였지만 변화는 확실하게 알 수 있었다.

'날개! 날개가 없어졌네.'

네 쌍의 날개가 보이지 않았다. 그런데 놀랍게도 그 상태로 너무나 자유롭고 빠르게 날아다닐 수 있었다.

그뿐이 아니다. 녹색 피부는 인간처럼 하얀 피부로 변해 있었고 분위기 또한 정령이나 요정이 아니라 성숙하고 우아한 매력을 강하게 풍기고 있었다.

가온은 오랜만에 본 모둔과 좀 더 얘기를 나누고 싶었지만 그럴 여유가 없었다.

—아무래도 유적은 의료 시설인 것 같아요.

'그걸 어떻게 추측했어?'

—온 님의 시야를 잠깐 공유했는데 벽화의 내용이 모두 사람을 치료하는 것이었고, 부가적인 그림들은 약초를 포함해서 약으로 쓰이는 광물과 동물의 일부분이었어요.

'그랬어?'

처음에는 벽화도 유심히 살펴봤지만 색칠한 부분이 떨어져 나간 곳이 워낙 많아서 무슨 내용인지 알 수가 없었다. 그럼에도 불구하고 모둔은 벽화의 원래 모습을 알아본 것이다.

  ─네. 복도의 초입에 그려진 벽화의 인물상의 한 손이 비어 있는 것과 복도를 구성하는 금속이 마나 전도율이 엄청나게 높은 것으로 보아서 이곳에 정상적으로 들어가는 방법은 빈손에 뭔가를 쥐여 주는 것 같아요. 그렇게 되면 복도가 자동으로 유적까지 이어지는 안전한 길을 만들어 내는 방식인 것 같고요.

  모둔의 말에 새로 시작되는 벽화의 첫 인물상이 그려진 부분을 유심히 살펴본 가온이 눈을 빛냈다.

  '있다!'

  물감이 떨어져 나간 상태지만 유심히 살펴보니 원래의 인물상이 어땠는지 알아볼 수 있었다.

  그런데 벽화의 모든 그림은 벽에 얕고 가는 선을 파서 그림을 그리고 색칠을 했지만 첫 인물상의 경우 손 부분이 벽 안으로 움푹 들어가 있었다.

  '메스일까?'

  ─모둔의 말이 맞는다면 유적을 출입하는 열쇠는 메스일 가능성이 높아요!

  벼리도 가온과 거의 동시에 메스를 떠올렸다.

  왜냐하면 인물상의 손은 누워 있는 인간의 복부에 닿아 있는데 손의 모양이 뭔가를 잡은 형태였는데 주사기를 비롯한 다른 치료 도구와는 맞질 않았다.

가온은 거의 본능적으로 손가락 끝으로 오러를 방출해서 메스 형태의 오러체를 만들었다.

'맞나? 아니, 이 손이면 더 작아야 해!'

벽화에 그려진 인물의 손에 맞추어서 오러로 메스를 만들던 가온은 '이거다' 싶은 생각이 들었을 때 손에 쥐여 주듯 안으로 들어간 벽면에 그 메스 오러체를 가져다 댔다.

그 순간이었다.

우르르릉!

끼리리릭!

갑자기 굉음에 이어서 금속이 서로 부딪치는 소리가 들리더니 메스 오러체를 쥔 인물상을 중심으로 벽이 사방으로 늘어나는 것처럼 움직이더니 뜻밖의 공간이 나타났다.

'마치 엘리베이터 같은걸.'

사람 열 명이 들어갈 수 있는 직사각형의 공간이었다.

"사제, 뭘 어떻게 한 거야?"

"온이 오러로 이상한 물체를 만들어서 벽화에 있는 한 인물의 손에 쥐여 주는 것 같았다."

오르도스의 질문에 가온을 유심히 지켜보던 볼코트가 대신 대답을 해 주었다.

"일단 들어가지요. 위험은 없어 보입니다."

사람들은 얼떨떨한 얼굴이었지만 가온을 따라 해당 공간으로 들어갔다.

핏!

안에 들어와 있던 가온 일행은 얼마 후 사방의 벽이 늘어 나는 것처럼 보이더니 텅 비었던 공간이 다시 벽으로 변하는 모습을 생생하게 지켜보았다.

"벽화를 유심히 보았더니 누군가를 치료하는 것으로 보이 는 인물의 손에 해당하는 부분만 벽 안쪽으로 들어가 있더라 고요. 마치 뭔가 쥐고 있는 것 같았는데 그 물건만 색칠이 되 어 있지 않았습니다."

가온은 호기심에 가득한 오르도스의 눈빛을 견디다 못해 대답을 해 주었다.

"그래서?"

"벽 안으로 들어간 부분에 뭔가 채우면 어떤 변화가 일어 날 것 같았습니다. 그래서 고민을 하다가 벽화 속 인물의 손 과 하고 있는 행동에 맞추어 여러 가지 도구를 오러로 만들 어 보다가 그중 하나가 맞았던 모양입니다."

"하아. 염력을 그렇게 오래 사용하면서도 그런 점까지 관 찰했다는 거네."

거기까지 얘기를 주고받았을 때 벽이 다시 생성되기 시작 했다.

"괜찮은 거겠지?"

홀란스가 불안한 얼굴로 가온에게 물었다.

"지하로 내려가는 기계 장치로 보입니다."

가온의 대답에 홀란스는 물론 불안해하던 사람들의 얼굴이 풀렸다. 이제 그의 말을 신뢰한다는 증거였다.

가온의 말대로 직사각형의 방은 서서히 아래로 움직이기 시작했는데 다소 진동이 있기는 했지만 두려워할 정도는 아니었다.

얼마 후 진동이 멈추자 다시 전면의 벽이 스르르 사라졌다.

"무슨 마법이 적용된 건지 모르겠지만 신기하네."

가온도 오르도스처럼 신기한 것은 마찬가지다. 문이 열리는 것도 아니고 벽이 마치 살아 있는 것처럼 전 방향으로 늘어나다가 이내 사라지고 그 역순을 다시 만들어지는 과정에 어떤 기술이 적용되었는지 이해할 수가 없었다.

마침내 문이 열리자 가온이 먼저 밖으로 나갔는데 우려했던 것과 달리 아무 일도 벌어지지 않았다.

"여기는 어디지?"

일행이 나온 공간은 흰색의 원형 공간으로 지름이 대략 30미터 되는 것 같았는데 다섯 개의 문 형태의 그림이 일정한 간격으로 보였고 실내에는 아무것도 보이지 않았다.

"흠. 문에 새겨진 그림을 보아하니 이번에도 어떤 시험에 통과해야 하는 것 같군."

볼코트의 말에 사람들은 다섯 개의 문 그림을 유심히 살펴보았다. 작은 문양들이 문으로 짐작되는 공간에 빼곡하게 새겨져 있었다.

"약초들인 것 같은데…….'"

"내 눈에는 생물체, 그것도 일부인 것 같아."

"저 문양은 특이한 광물 같습니다."

작은 문양들은 어떤 물체의 그림이었는데 각 문에는 1천여 개에 달할 정도로 많았다.

"그림이라…… 대체 어떤 내용의 시험일까요?"

"이전에는 치료사가 필요로 하는 도구를 정해진 곳에 끼워넣는 것이 열쇠였다. 문에 새겨진 그림들로 보아서 일정한 치료 행위와 관련이 된 것 같구나."

사람들은 볼코트의 대답에 고개를 끄덕였지만 문제가 뭔지, 그리고 어떤 식으로 풀어야 문이 열릴지 도무지 짐작도 할 수 없었다.

가온은 자신의 앞에 있는 문에 새겨진 그림들에 집중했다.

'그림들에 특별히 이상한 부분은 없다. 대체 문제가 뭘까?'

그런 생각을 하면서 문에 새겨진 그림들을 집중해서 살펴보던 가온은 문득 이질적인 그림 하나를 발견했다.

가장 중앙에 있는 작은 그림으로 나무의 뿌리와 비슷했는데, 바로 옆에 있는 그림의 일부처럼 보였지만 병이나 치료와 관련된 내용의 그림을 찾다 보니 독립적인 그림이 맞았다.

'뿌리의 일부로 보였던 것을 두개골이라고 생각하면 이건

뇌라고 볼 수 있는데 막혀 있고 일부는 터진 상태야.'

―맞아요, 오빠. 뇌경색을 의미하는 그림 같아요.

벼리 역시 동일한 추정을 내렸다.

―주인님, 뇌경색의 치료에 사용되는 약재를 고르는 것이 문을 여는 열쇠일 것 같습니다.

가온은 뒤이어 전해지는 파넬의 의념이 일리가 있다고 생각했다.

하지만 어떻게 해야 문이 열리는지는 여전히 짐작도 할 수 없었다. 이전처럼 뭔가 넣을 수 있는 홈도 보이지 않았던 것이다.

그때 기대했던 조언이 있었다.

―주인님, 그림들의 한 부분에 해당하는 벽면이 다른 곳보다 얇은 것 같습니다.

영체에 불과하지만 생전에 6서클 사령술사였고 그 후 오랫동안 리치로 존재해 온 알테어는 어떤 방법을 사용했는지 몰라도 제대로 된 해답을 찾아냈다.

―그러니까 뇌경색을 치료할 수 있는 약재 그림의 얇은 부위를 누르는 방식으로 푸는 문제인 것 같아요, 오빠.

마침 가온도 그렇게 생각하고 있었다.

'오케이! 모두 고마워! 그런데 뇌경색의 치료제에 들어가는 약재를 고르는 것도 문제야.'

―호호호. 그건 내게 맡겨 줘요. 인터넷이 있잖아요!

벼리의 말대로 정보의 바다라고 할 수 있는 인터넷이 있었다.

─인터넷이 뭡니까, 주인님?

물론 당연히 지식을 공개하지 않고 개인 혹은 단체가 대대로 간직하는 비밀주의가 만연한 세상에서 살았던 파넬과 알테어는 인터넷에 대한 설명을 들어도 쉽게 받아들이지 못할 테지만.

"온아, 뭔가 알아낸 것이라도 있는 게냐?"

가온이 미소를 짓는 모습을 본 볼코트가 기대하는 얼굴로 물었다.

"그게……."

가온이 세 조언자의 도움을 받아서 내린 추측과 그 근거를 밝히자 볼코트까지 놀라는 얼굴을 보였다.

─오빠, 뇌경색도 자세히 파고들면 여러 종류로 나뉠 수 있다고 해요. 아무튼 지금 문제는 뇌혈관에 문제가 생겼을 때 효과가 있는 약재를 고르는 것이니 그것에만 집중해요.

'그래, 그러자. 어떤 것들이야?'

─일단 식물성 약재로는 생강, 백복령, 현삼, 백작약, 황기, 천궁, 오미자, 당귀, 인삼, 방풍, 계심, 지골피, 원지, 부자, 치자, 황련, 황백, 대황 등이 있어요. 그리고 동물성 약재로는 녹용, 양신 등이 있고 광물성 약재로는 황금과 자석이 있어요.

'다른 건 대충 들은 적이 있는데, 양신이나 계심, 지골피는 처음 듣는데.'

–양신은 숫양의 고환을 말하고 계심은 녹나무의 한 종류인 육계나무의 껍질을 말해요. 지골피는 구기자의 뿌리껍질을 의미하고요.

'오케이! 그런데 문제가 하나 더 있어.'

–약재와 그림을 매칭할 수 없는 거라면 제게 맡겨 주세요. 인터넷에는 약재의 외형은 물론 어느 곳을 약재로 사용하는지까지 나와 있으니까요.

그때부터 가온은 벼리가 말해 주는 그림과 약으로 쓰는 부분을 차례로 눌렀다.

–거기에서 4시 방향으로 네 번째 그림은 원지 같아요. 원지는 총명탕의 주 약재로 거담, 강장, 진정 효과가 있으며 항정신제로 사용해요. 최근 연구로는 DNA 손상과 세포 사멸을 억제하는 효과가 있는 것으로 밝혀져서 허혈성 뇌졸중의 예방과 치료에 효과적이라고 해요.

그런 식으로 벼리가 인터넷에 올라 있는 약재의 외관과 약효를 확인해서 알려 주면 가온이 약재로 쓰이는 부분을 손으로 누르는 방식으로 작업이 진행되었다.

물론 다른 일행은 그런 가온은 말없이 지켜보고 있었는데 놀란 감정과 더불어 경외심까지 담겨 있었다.

자신들은 감도 못 잡은 문제를 가온이 한동안 고민하다가 움직이기 시작했는데 그 행동에서 강한 자신감이 묻어났기 때문이다.

얼마가 지났을까 가온의 움직임이 멈추었다.

일행은 마른침을 삼키며 그 문을 뚫어지게 쳐다보았다.

구그그긍.

이번에는 지난번과 달리 문이 정상적으로 열렸다. 분명히 경첩과 같은 부분은 전혀 없었는데 말이다.

그리고 드러난 안쪽의 광경은 사람들의 눈을 의심하게 만들었다.

"대체 저 관들은 뭐지?"

오르도스는 꽤 큰 방 안에 놓여 있는 유리관들의 정체가 너무 궁금했다.

실내에는 속이 훤히 들여다보이는 열 개의 유리관을 제외하고는 아무것도 없었다.

관이 주는 불길한 느낌 때문인지 아니면 문을 여는 데 성공한 가온의 움직임을 기다리는지 사람들은 전혀 움직이지 않았다.

결국 가온이 먼저 방 안으로 들어갔다. 벽에 흰색 물감이 칠해진 것인지 아니면 원래 실내를 이루는 건축자재가 흰색인지는 알 수 없지만 마치 정신병동을 연상시키는 실내 공간에는 관들이 마치 꽃잎처럼 중앙을 중심으로 가지런히 놓여 있었다.

'뭐지?'

그런 생각을 하고 있을 때 뒤따라 들어온 볼코트가 무릎을 꿇고 관의 옆면을 보면서 경악한 얼굴로 소리쳤다.

"심장 질환이라고?"

"네? 그게 무슨 소리입니까?"

"여기에 적힌 문자는 대략 8,800년 전에 멸망한 카타우라 문명에서 사용하던 공용어인데 그렇게 쓰여 있구나."

"스승님, 이것들은 구멍 같은데 왜 이렇게 많지요?"

오르도스가 가리킨 지점에는 손가락으로 힘을 주니 안으로 밀려 들어가는 구멍이 있었다. 물론 손가락에 힘을 빼자 구멍이 다시 막혔는데 자세히 관찰하지 않으면 구멍의 존재를 발견하기 힘들었다.

"구멍만 있는 것이 아니야. 내부에 이상한 관들이 곳곳에 자리하고 있어."

홀란스가 말한 관은 사체를 담은 관이 아니라 속이 비어 있는 관을 말했다. 그의 말대로 관의 안쪽에는 다양한 굵기와 길이의 관들이 이리저리 얽혀 있었다.

그리고 그 관의 끝부분에는 메스, 집게, 투명한 실이 꿰인 바늘과 같은 다양한 기구들이 달려 있었다.

그것을 확인한 가온은 이 관의 정체를 대충 눈치챘지만 믿기는 힘들었다.

'정말 내 추측이 사실이라면 대체 이 탄 차원의 고대 문명

은 대체 어느 수준이었다는 거지?'

가온은 이 관이 치료용 캡슐이라고 확신했다. 지구의 발달한 과학 문명으로도 아직 만들어 내지 못한 최첨단 의료기기였다.

'그래서 예지몽에서는 오성홍 길드에서 지구보다 훨씬 진보된 의료 캡슐을 사용해서 불치병을 앓고 있는 환자를 치료할 수 있었던 거구나!'

치료 포션이나 신성 치료로도 치료할 수 없는 병은 많았고 오성홍 길드는 병원을 건립하고 캡슐들을 이용해서 엄청난 돈을 벌어들일 수 있었던 것이다.

그사이에 볼코트는 옆으로 이동했는지 다른 소리가 들렸다.

"신경 질환과 질환 진단 장치라. 대체 무슨 장치를 말하는 거지? 질환이라는 단어는 반복되는 것으로 보아 제대로 해석만 하면 이 관들의 정체를 밝히는 데 큰 도움이 될 것 같은데……."

가온은 깜짝 놀랐다. 앞서 스승이 언급한 '심장 질환'이나 지금 말한 '일반 외과 질환'은 지구의 현대 의학에서 사용하는 질환의 이름이다. 게다가 진단 장치라니!

―설마 해당 환자가 저 안으로 들어가서 누우면 저 관이 수술방 역할을 하는 건 아닐까요?

―하아! 이런 건 나도 처음 보는데 파넬의 말이 일리가 있

예지몽으로
히든랭커

습니다.

─오빠, 나 지금 소름 끼쳤어요! 이것들은 인공지능 기술이 적용된 최첨단 의료용 치료 기기가 틀림없어요!

세 조언자의 의념을 차례로 전해 들은 가온은 온몸에 소름이 돋았다.

'만약 내 생각이 맞는다면 엄청난 물건이다!'

이곳 탄 차원의 고대 문명인 카타우리 문명이 현재 지구에서 각광을 받고 있는 인공지능 분야에 해당하는 기술을 보유하고 있는지는 알 수 없지만, 가온은 왠지 이 관처럼 생긴 물건들이 알아서 해당 질환을 치료하는 기능을 가진 것이 아닐까 강하게 의심했다.

이후로도 볼코트는 각각의 캡슐에 쓰여 있는 '자가면역질환', '장기', '피부 질환', '내분비질환', '혈액질환', '암', '재생'의 일곱 가지 이름을 알아냈다.

"그럼 이 구멍 위에 써진 문자는 뭡니까, 스승님?"

오르도스가 말한 구멍 위에는 돋보기로 봐야 할 정도로 작은 문자가 적혀 있었다.

"징가르라고 적혀 있구나. 아! 이거 생강의 고어다."

"생강이라면 향신료 아닙니까?"

"맞다. 치료 마법이 발달하지 않은 고대에는 약으로도 사용했다는 말이 있지."

가온은 볼코트와 오르도스의 대화를 들으면서 한 가지 의

문이 생겨났다.

"스승님, 혹시 카타우리 문명에는 마법이 없었습니까?"

"맞다. 카타우리 문명 이전에 1만 년 이상 지속되었던 오카르 문명은 달리는 마도 문명이라고 불릴 정도로 엄청난 수준의 다양한 마법이 발달했지만, 마도 전쟁으로 인해 철저하게 파괴되었다고 한다. 그래서 그 뒤를 이은 카타우리 문명은 마도구 기술은 허용했지만 마법을 배격했고 마법을 사용하는 자들은 죽임을 당했다고 하지. 그래도 굉장한 수준의 문명을 가졌다고 알려져 있다. 하지만 카타우리 문명의 유물은 마도구 제작에 큰 영향을 끼친 복잡하고 세밀한 기계류를 빼고는 알려진 것이 거의 없다."

"그럼 현 문명은 언제 시작된 겁니까?"

"지금으로부터 대략 2천 년 전에 태동했는데 그 이전에는 3천 년 정도 존속했던 우뮤 문명이 그리고 그 전에는 4천 년 정도 존속했던 카우리 문명이 있었지. 카우리 문명은 기사의 시대라고 불렀고 우뮤 문명은 오카르 문명이 남긴 유물을 통해서 마법이 다시 태동하여 마법사의 시대라고 불릴 정도로 전혀 다른 문명이었다. 그래서 현 문명에는 기사와 마법사가 공존하게 된 것이고."

"첨언을 하자면 현 문명의 마법 체계는 우뮤 문명에서 물려받은 거야. 가끔 유적이나 유물을 통해서 발견되는 오카르 문명의 마법은 차원이 달라!"

볼코트의 대답에 이어 홀란스가 추가로 설명을 해 주었다.

아무튼 두 사람을 통해서 가온은 이 관처럼 생긴 물건의 정체가 과학 문명이 발달한 카타우리 문명이 남긴 치료 캡슐이라고 확신했다. 그것도 일종의 인공지능이 내장된.

'이것들이 세상에 공개된다면 과연 어떤 일이 생길까?'

이 치료용 캡슐을 발전시키고 사용하기에 따라서 엄청난 후폭풍을 일으킬 수 있는 엄청난 아이템이었다.

가온은 예지몽 속에서의 오성홍 길드와 달리 현실로 이 캡슐들을 가지고 갈 수 있는 능력이 있었다.

다음 권으로 이어집니다